S. Pomej

Der 4. Versuch

Wir mögen die Welt kennenlernen, wie wir wollen, sie wird immer eine Tag- und eine Nachtseite behalten. Goethe

1_Verdacht

20.3.2118

Ein Blick in seine Augen lässt mir das Herz einfrieren. Ich beginne langsam, ihn zu hassen. Jeden Tag ein wenig mehr.

22.3.2118

Seit er zurück ist, überkommt mich die Panik, sooft ich ihn sehe. Äußerlich unverändert, mit einer Miene, als wäre er aus tiefem Schlaf gerissen worden und darüber sehr erbost, starrt er mich an wie ein Hypnotiseur.

24.3.2118

Im Schlaf spricht er eine Sprache, die ich weder verstehe, noch jemals gehört habe - und ich bin weit gereist. Ich nahm einige Sätze auf und ließ sie durch den Übersetzer laufen. Die Ausbeute zeigte sich lückenhaft: Kontrolle gewonnen - woher kommt - was ist gewesen - warum folgt - ihr - wo?

30.3.2118

Heute wollte er ein Gericht, das wir noch niemals zuvor gemeinsam gegessen haben.

Der Computer brauchte einige Zeit, bis er alle Zutaten zusammensammelte und an den Herd die genaue Backzeit und Temperatur übermittelte. Er wurde sehr ungeduldig, sah mich an, als wolle er mich gleich auffressen.

2.4.2118

Stunde um Stunde denke ich über die fehlenden Worte nach. Die folgende Lösung fiel mir ein: Wir haben über ihn die Kontrolle gewonnen. Woher kommt seine Rasse? Was ist gewesen, bevor er zu uns kam? Warum folgt er seinen Anweisungen? Ihr seid wo?

Er ist mir unheimlich.

"Haben Sie das Journal gelesen?", fragte Frank ungeduldig.

"Ja, es widerstrebt mir zwar, fremde Tagebücher zu lesen, aber ich konnte mich überwinden."

"So fremd ist Ihnen meine Frau gar nicht, in unseren Sitzungen habe ich Ihnen doch schon von ihr erzählt."

"Ja, das ist wohl richtig, aber Ihre Frau ist nicht meine Patientin, Sie sind mein Patient, Frank", erinnerte er ihn unnötigerweise und beobachtete eine verärgert hochgezogene Augenbraue bei ihm. "Da diese Einträge allerdings anscheinend auch Sie betreffen-"

Scharf unterbrach ihn Frank: "Wieso anscheinend? Es ist absolut klar, dass sie mich meint! Wenn mir auch noch nie aufgefallen ist, im Schlaf zu sprechen."

Seine Sitzhaltung verkrampfte sich, seine Hände umklammerten beide Armlehnen und verfärbten sich an den Fingerknöcheln weiß.

"Hat sie Sie nie darauf angesprochen?"

"Nein, seit meiner Rückkehr hat sie immer häufiger Migräne, wenn Sie wissen, was ich damit meine." Seine Mundwinkel senkten sich verächtlich nach unten, die Hände entspannten sich etwas.

"Jaja... Sie haben nur die wichtigsten Auszüge daraus kopiert?"

"Nein, das Luder hat einen Kopierschutz eingebaut, den ich nicht ganz überbrücken konnte."

"Hm, kommen wir wieder zu Ihrem Beruf, was passierte auf dem Planeten?"

"Unterliegt der Geheimhaltung", antwortete er gehetzt.

Der Doktor ließ eine Pause entstehen, lehnte sich in seinem hellbraunen Ledersessel zurück, sodass ein quietschendes Geräusch entstand, das Frank automatisch kurz leicht zusammenzucken ließ.

"Wieso fragen Sie nach meinem Einsatz, es geht doch um den wachsenden Hass meiner Frau gegen mich."

"Das könnte etwas mit Ihrem Einsatz zu tun haben."

"Kann ich mir nicht vorstellen." Franks Augen schweiften vom fleischigen Gesicht des Doktors ab und wanderten ein wenig seitlich, um einen Blick durch das Fenster zu erhaschen, wo gerade einige Schäfchenwolken vom Wind vorbeigetrieben wurden.

"Ihre Frau wollte sich doch schon vor Ihrem Abflug von Ihnen scheiden lassen."

"Stimmt, aber das konnte ich ihr ausreden."

"Interessant. Mit welchen Argumenten?"

"Mit Versprechungen."

"Welcher Art?"

"Monetärer."

"Sie sind etwas einsilbig, Frank."

"Meinen Sie, Ivy wollte sich scheiden lassen, weil ich zu wenig mit ihr rede?" Sein harter Blick heftete sich wieder an das großflächige Gesicht eineinhalb Meter vor ihm.

"Das könnte sein. Vielleicht empfindet sie auch Ihre lange Abwesenheit als inakzeptabel."

"SO? Anfangs hatte sie damit kein Problem."

"Die Menschen ändern sich mit der Zeit, Frank. Vor allem die Frauen. Sie sind schon wegen ihrer Fähigkeit, Leben zu gebären, viel reflektierter als wir. Und auch Männer ändern sich, wenn es in ihrem Beruf zu Konflikten kommt. Offenbar merkte Ivy bei Ihnen eine Veränderung, die sie nicht mag." Da sein Patient beharrlich schwieg, fügte er hinzu: "Eine Veränderung, die sie feststellte, nachdem Sie zurückgekehrt sind. Und das bringt sie offenbar mit dem Einsatz auf dem Planeten in Verbindung."

"Dort passierte nichts, was eine Veränderung in mir ausgelöst hat", behauptete er in einem Ton, der keinen Widerspruch duldete.

"Bei vielen Paaren ist es einfach der banale Alltag, der zu einer aufgestauten Wut und damit zu einem Trennungswunsch führt."

"Sie sagten mir doch, für eine funktionierende Partnerschaft müssen einer negativen Situation fünf positive folgen."

"Schön, dass Sie sich das gemerkt haben, viele Ehemänner vergessen das sehr schnell wieder", freute sich der Doktor.

"Ich kaufte ihr nach meiner Rückkehr eine Flugscheibe, ließ ihr im 39. Stockwerk unserer Wohneinheit einen Balkon bauen, ..." Bei der Aufzählung ließ er immer Platz für das "HM!" des Doktors. "Also, was soll ich noch alles für die reflektierte Frau Gemahlin tun?"

"Sie haben nur materielle Zuwendungen aufgezählt, keine ideellen, wie Liebe, Aufmerksamkeit und so weiter."

"Für Ivy zählen nur materielle Dinge."

"Hm. Frauen sind sehr emotional."

"Den Sex hat sie mir doch verweigert!" Mit einer ausholenden Geste zeigte er kurz Richtung Tür.

"Wie oft?"

"Pfff, hab' nicht mitgezählt... schätze, es waren schon ein Dutzend Male."

"Verweigerung ehelicher Pflichten ist noch immer ein Scheidungsgrund. Warum wollen Sie also mit ihr verheiratet bleiben?"

"Wie sagen die Franzosen so treffend: Le coeur a ses raisons que la raison ne connait point."

Dem Doktor, der ebenfalls der französischen Sprache mächtig war, entkam ein seltenes Schmunzeln. "Ja, das Herz hat seine Gründe, die der Verstand nicht kennt. Trotzdem..."

"Es klingt irgendwie kindisch, aber ich habe sie ins Herz geschlossen. Und ich kann sie mir noch nicht herausreißen."

"Sie äußerten zu Beginn unserer Sitzung einen Verdacht", erinnerte sich der Doktor. "Warum denken Sie, Ihre Frau will Sie töten?"

"Na, weil sie mich offenbar hasst!" Seine dunklen Augen funkelten nun, als brannte dahinter ein Feuer.

"Und Sie wissen auch warum", stellte der Doktor fest.

"Nicht wegen des Betrugs. Schnee von gestern! Sondern, weil sie denkt, ich wäre von dem Flug verändert zurück gekommen."

"Ich hatte also recht mit meiner Vermutung."

"Zum Teil. Sie denkt es, aber es ist nicht so!" Die letzten fünf Worte sprach er mit Nachdruck aus.

"Hat Ivy schon einen Anschlag auf Ihr Leben unternommen?"

"Nein, sicher steckt sie noch in der Planphase."

"Bestimmt irren Sie sich. Denken Sie doch an die Kinder!"

"Die Kinder sind bei meiner Ex-Frau."

"Ach ja, Sie sind ja zum zweiten Mal verheiratet."

"Zum dritten Mal", korrigierte er unwirsch. "Die Zweite starb bei einem Unfall."

"Was die Sätze betrifft, die sich Ivy in ihrem Journal so einfach zusammengereimt hat,..."

"Was ist damit?"

"Solche Übersetzungsprogramme geben nicht zu, dass sie einer Sprache nicht mächtig sind. Sie lokalisieren im Text Ähnlichkeiten mit bekannten Sprachen und übersetzen dann deren Bedeutung."

"Das heißt, dass die Übersetzung falsch ist", folgerte er mit sichtlicher Erleichterung.

"Nicht unbedingt. Es würde helfen, wenn ich selbst mit Ivy reden könnte."

"Was erwarten Sie sich davon?" Misstrauen und aufkeimende Eifersucht drangen aus seinen Worten.

"Aufklärung! Sie beschuldigen Ivy schließlich eines bevorstehenden Verbrechens, das ich eventuell verhindern kann."

In Franks kantigem Gesicht spielten sich ersichtliche Regungen ab, die auf einen komplizierten Denkprozess schließen ließen.

"Ich kann mir vorstellen, was Sie jetzt denken", offenbarte ihm der Doktor.

"So?" Anzeichen von Unglauben tauchten in seiner Mimik auf.

"Ja, Sie denken, ich könnte den Worten Ihrer Frau entnehmen, dass sie bei Ihnen eine Wesensänderung wahrnahm, die Ihnen selbst noch nicht aufgefallen ist."

"Pah, wie soll mir eine Wesensänderung bei mir entgehen?"

"Sie würden sich wundern, was ich schon bei meinen Patienten alles erlebt habe. Manche entwickelten auf langen Raumflügen Paranoia, die sie auch bei der Rückkehr nicht ablegten, ohne sie als solche wahrzunehmen. Einer erklärte mir, es sei nur seine angeborene Vorsicht, die ihn immer dazu veranlasse, sich bei jedem Ausgang aus seinem Haus einen fünf Seiten langen Plan zur Vorsicht zu entwerfen."

"Haha!" Franks Lachen war herzhaft und die erste angenehme Reaktion in der heutigen Sitzung. Es hallte richtig in den klinisch weißen Wänden der Praxis nach.

"Freut mich, dass Sie sich amüsieren."

"Haha, hieß Ihr Patient vielleicht Jason Wenthworth?"

"Ich werde Ihnen keinen Namen nennen. Das tue ich niemals. Ist dieser Wenthworth ein Kollege von Ihnen?"

"Ja, ein richtiger Pedant. So ein Verhalten könnte auf ihn passen."

"Kommen wir wieder zu Ihrer Gattin."

"Wenn es sein muss..." Automatisch zog er die Schultern hoch, so als wolle er sich gegen Kälte schützen.

"Haben Sie noch Passagen des Journals in Erinnerung, die Ihren Verdacht erhärten?"

Frank Askin schloss seine Augen, versuchte sich zu erinnern, ehe er langsam aus seinem Gedächtnis vorlas: "Seine Hände bewegen sich im Schlaf, sie scheinen auf ein Instrumentenbrett zu tippen. Gestern aß er seinen Pudding nicht, den er sonst immer hastig runterschlingt wie ein halb verhungertes Kind. Seine Augen haben so einen gewissen Glanz, der vorher nicht da war. Wenn er sie für immer schließt, wird mir der Glanz für ewig in Erinnerung bleiben. Ein Glanz, als hätten seine Augen das Elysium geschaut."

Der Doktor hörte aufmerksam zu, wartete auf die Fortsetzung, doch sein Patient saß in dem breiten Sessel zurückgelehnt und schien eingeschlafen zu sein. Die Pupillen unter den geschlossenen Lidern bewegten sich wie bei der REM-Phase. Er träumte offenbar und der Doktor ärgerte sich, dass er den Traum nicht sehen konnte, da er daraus viel mehr Information hätte generieren können als aus den knappen Kommentaren seines verschlossenen Patienten. Franks Hände zuckten kurz, dann gab sein halb geöffneter Mund ein kehliges Geräusch von sich, einem Schmerzenslaut ähnlich.

"Frank!"

Erschrocken fuhr er hoch und starrte in des Doktors massiges Gesicht.

"Was haben Sie gerade geträumt?"

"Ich erinnere mich nicht an den Traum. Hab' ich überhaupt geschlafen?"

"Es sah ganz danach aus."

"Verzeihung, aber ich bin so müde. Gestern wagte ich nicht einzuschlafen, nachdem ich meine Gattin in berechtigtem Verdacht, mich töten zu wollen habe." Ein langer Seufzer folgte diesem Satz.

"Ich widerspreche Ihnen äußerst ungern, Frank, aber dieser Verdacht ist meiner Ansicht nach ganz und gar nicht berechtigt."

"Und wann ist er es? Bei meiner Leichenbeschau?"

Der Doktor rollte kurz seine Pupillen nach oben. "Nun, wenn Sie einen handfesten Beweis in Händen haben."

"Das Journal reicht nicht?"

"Nein, es zeigt nur die übliche eheliche Frustration."

"Zizz!" Ein Zischlaut verließ seine zusammengepressten Lippen.

"Denken Sie nicht, ich ergreife die Partei Ihrer Frau, es ist auch aus gerichtlicher Sicht nicht ausreichend."

"Ich denke nicht daran, meine Frau zu verklagen."

"Vielleicht wäre es angebracht, wenn ich mit Ivy spreche."

"Glauben Sie, sie verrät *Ihnen* ihre Pläne?" Ein überhebliches Schmunzeln umspielte seine Lippen.

"Wir werden das erst wissen, nachdem ich mit ihr gesprochen habe."

"Ja, im Sprechen ist sie mir überlegen. Die redet wie ein Hörbuch."

"Verbleiben wir für heute so, dass Sie Ihrer Frau einen Termin bei mir vorschlagen."

Frank Askin schüttelte den Kopf. "Nein, das wird nicht funktionieren, denn sie würde das ablehnen, wenn es von mir kommt. Besser wäre, wenn SIE sie in die Mangel nehmen."

"Was verstehen Sie darunter?"

"Ganz einfach, Sie sprechen sie einfach an. Unter irgendeinem Vorwand."

"Ach so … Ja, so können wir es auch machen. Ich werde sie anrufen und einladen."

"NEIN! Sie würde nicht kommen. Sie müssten sich schon zu uns nach Hause bemühen, Doktor Cullen, an einem Tag, an dem ich nicht daheim bin. Am besten an einem Freitag nach 14 Uhr, da muss ich nämlich immer zum Physiotraining."

"HM, also gut. Beschreiben Sie mir Ihre Frau."

"Elf Jahre jünger als ich. 177 Zentimeter groß, 20 Zentimeter lange Haare, momentan blond, Proportionen: 95-52-88."

"Sie sind ja sehr exakt mit Zahlen."

"Die sind in meinem Job sehr wichtig."

"Eigentlich habe ich mit der erbetenen Beschreibung eine Charakterisierung gemeint", präzisierte der Doktor.

"Anfangs war sie wie ein Engel, zu schön, um wahr zu sein. Nicht nur ihr Aussehen, auch ihr Verhalten, ihre zutrauliche, anschmiegsame Art, die sie leider immer mehr verloren hat."

"HM! Wird Ivy am nächsten Freitag zu Hause sein?"

"Ja, sie sitzt an dem Tag neuerdings am Balkon und lässt sich die Sonne auf den Bauch scheinen."

"Und welchen Vorwand schlagen Sie vor?"

"Am zugänglichsten wäre sie, wenn es um Geld geht. Sie könnten ihr einreden, dass Sie mich wegen der Versicherungssumme neu einschätzen müssen."

"Hm, dann wird sie mir womöglich nichts über Ihre nächtlichen Ausbrüche erzählen."

"Welche Ausbrüche?" Frank zog seine buschigen Augenbrauen zusammen.

"Dass Sie im Schlaf eine fremde Sprache sprechen."

"Stimmt. Außer Sie erzählen ihr von den Eigenheiten Ihrer andern Patienten."

"Deren Eigenheiten unterliegen meiner Schweigepflicht."

"Aber Doktor, vorhin erzählten Sie mir doch von dem Paranoiker."

"Hm, Sie meinen, ich könnte mit dieser kleinen Anekdote Ivy zum Ausplaudern IHRER Eigenheiten bringen?"

"Bestimmt. Wenn sie mit ihrer Story über mich, die IHRE übertrumpfen kann, dann wird sie's tun", sagte er mit apodiktischer Sicherheit.

"Abgemacht! Ich denke, der Besuch wird mir auch ermöglichen, dem Geheimnis Ihrer nächtlichen Plaudereien auf die Spur zu kommen."

"Das hoffe ich!"

2_Hausbesuch

Vor dem Hochhaus tippte der Doktor die Nummer der Wohneinheit von Frank Askin ein und auf dem Display erschien das Gesicht einer betörend schönen Frau.

"Ja?", hauchte sie.

"Guten Tag, Mrs. Askin, ich bin der behandelnde Arzt Ihres Mannes, Dr. Cullen, und würde Sie gern einige Minuten sprechen."

"Seit wann dehnen Sie Ihre Ordination auf Ehepartner aus?"

"Es geht um eine rein versicherungstechnische Nachforschung."

"Ach so."

Der Summton öffnete das Tor und der Doktor fuhr mit dem Lift in die 39. Etage hoch, wo Ivy Askin in einem knappen weißen Bikini, welcher ihre gebräunte Haut ausgezeichnet betonte, auf ihn wartete. Der Geruch nach Sonnenöl drang in seine Nase und ihre sekundären Geschlechtsmerkmale zogen automatisch seinen Blick auf sich.

"Es wird nicht lange dauern", versprach er und trat in das komfortabel eingerichtete Apartment ein.

"Wir können am Balkon miteinander sprechen, mögen Sie einen Drink, Dr. Cullen?"

"Ja, wenn Sie Orangensaft haben, nehm' ich ihn gern pur als Erfrischung."

Barfuß lief sie zur Bar, schenkte aus einem Glaskrug den Saft in ein Longdrinkglas ein und reichte es ihm lächelnd.

"Danke, ich komme gleich zur Sache", begann er schon auf dem Weg zum Balkon, wo zwei Korbstühle standen, "körperlich ist Ihr Mann topfit, doch seelisch scheint er ein wenig angeschlagen zu sein."

Mit einer anmutigen Geste deutete sie in die Ferne. "Ist dieser Ausblick nicht fabelhaft?"

Ein wolkenloser Himmel spannte sich über eine urban verbaute Gegend, in der nur wenige grüne Flecken Entspannungsoasen anzeigten. Gegenüber stand in einer Entfernung von zwei Kilometern ein weiteres Hochhaus, auf dessen Dach ein Flugscheiben-Parkplatz lag. Dort herrschte ein reges An- und Abfliegen dieser lautlosen Scheiben, die sich nur die obere Gesellschaftsschicht leisten konnte.

"In der Tat. Ich selbst wohne in einem Turm, daher bin ich den Blick von oben auf die Landschaft gewohnt."

"Einen formidablen Anzug haben Sie, Dr. Cullen. Blau ist meine Lieblingsfarbe."

"Danke, obwohl ich auch lieber in Badebekleidung hier sitzen würde."

"Was meinen Sie mit *seelisch angeschlagen*?", erkundigte sie sich, setzte sich auf den einen Korbstuhl und schlug die Beine übereinander.

Der Doktor nahm auf dem anderen Stuhl Platz, nippte von dem Saft und stellte das Glas auf das Balkongeländer. "Nun ja, er berichtete mir von Albträumen."

"Ja, das kann ich mir vorstellen." Beim Nicken fiel ihr eine Haarsträhne quer über das Gesicht, die sie sich elegant mit ihren langen, blutrot lackierten Fingernägeln zurückstrich.

"Hat er Ihnen davon berichtet?"

"Nein", schüttelte sie den Kopf. Ihr Haar glänzte in der Sonne wie gesponnenes Gold. "Er stöhnt im Schlaf."

"Das bedeutet, er verarbeitet die Erlebnisse von seinen Weltraumausflügen und leidet darunter, dass er sie Ihnen nicht erzählen darf."

"Mir erzählt er sowieso recht wenig." Ihre ebenmäßigen Züge zeigten so etwas wie Enttäuschung.

"Stimmt, er ist ein wortkarger Typ. Ich hatte da mal einen Patienten, der sprach im Schlaf."

"Wirklich?"

"Oh ja, er plauderte darin die ganzen Geheimnisse aus, die er bei Tag streng bei sich behielt."

"Also, mein Mann spricht auch im Schlaf", gestand sie nun, "allerdings verstehe ich kein Wort von dem, was er sagt."

"Exorbitant. Spricht er so undeutlich?"

"Deutlich, doch unverständlich. Es ist ein Dialekt, den ich noch nie gehört habe. Und ich bin in meinem Leben schon ziemlich weit herumgekommen. Von der Arktis bis zur Spitze von Kap Hoorn ist mir kein weißer Fleck auf unserer guten Mutter Erde mehr fremd. Manchmal beneide ich Frank um seine Möglichkeit, von hier weit hinaus ins All zu fliegen..." Verträumt blickte sie in die Sonne, blinzelte und sah danach wieder den Doktor an.

"Wie schade, dass ich den Dialekt nicht gehört habe, denn ich bin auch schon viel in der Welt herumgereist und musste beruflich viel mit den Leuten sprechen. Eventuell hätte ich es besser verstehen können."

"Ich bekam nur das Gefühl, dass es etwas ganz Fürchterliches wäre, was er von sich gab."

"Wie kamen Sie auf diese Idee, Mrs. Askin?"

"Weibliche Intuition."

"Könnten Sie die Laute, die er nachts von sich gibt, aufnehmen, damit ich sie in meiner Praxis analysieren kann?"

"Würde das helfen?" Bei der Frage riss sie ihre mit schwarzem Eyeliner umrandeten Lider so weit auf, dass ihre dunkelblaue Iris vom Weiß der Augen noch besser betont wurde.

"Ganz sicher! Ich könnte danach meine Behandlung effizienter gestalten."

"Das wird sich machen lassen", versprach sie und lächelte wieder.

"Dann will ich Sie nicht länger stören", kündigte er an und erhob sich. In einem Zug trank er sein Glas leer und stellte es neben sich auf den Boden. Beim Aufrichten bekam er wieder den Duft ihrer mit Sonnenöl eingecremten Haut in die Nase. "Ich komme dann nächsten Freitag und hole mir die Aufzeichnung ab, wenn es Ihnen recht ist."

"In Ordnung."

Als sie aufstehen wollte, winkte er ab: "Bleiben Sie ruhig sitzen, Mrs. Askin, ich finde allein hinaus."

"Dann auf Wiedersehen, Dr. Cullen!" Mit geschlossenen Augen lehnte sie sich zurück, legte ihre Beine auf den frei gewordenen Korbstuhl und wandte ihr Gesicht Richtung Sonne.

Auf dem Weg nach draußen kam er am Computer vorbei, auf dessen Bildschirm in rascher Abfolge geometrische Figuren in allen Farben oszillierten, sich in springlebendige, dreidimensionale Aquariumsfische verwandelten, die aus dem Bild sprangen und sich in Nichts auflösten. Daneben lag ein iPhone-Armreif, den Ivy wohl abgelegt hatte, um nahtlos braun zu werden. Mit einem Blick zum Balkon vergewisserte er sich, dass sie ihm nicht folgte. Aus der linken Hosentasche holte er seinen USC-Stick heraus und steckte ihn an den Computer an. Es handelte sich um einen jener smarten Sticks, die eine Ultra-Fast-Copy-Funktion besaßen, und nur für Personen mit einer Sondergenehmigung erhältlich waren. Es dauerte nur fünf Sekunden und der Doktor konnte den Stick wieder herausziehen. In diesem Augenblick läutete der iPhone-Armreif und er erschrak.

Zum Ausgang war es zu weit, so eilte er in den Raum gleich neben dem Schreibtisch, dessen Tür nur angelehnt war. Gerade rechtzeitig konnte er dahinter verschwinden und sah sich im ehelichen Schlafzimmer stehen. Das Doppelbett zeigte sich ungemacht, die Laken zerwühlt und mit einigen Flecken verunreinigt. Draußen hörte er seine Gastgeberin das Gespräch annehmen.

"Hallo, Maurice! Nein, ich bin ganz allein. Frank ist beim Training. Mhm! Hahaha. Du bist mir einer. Sicher können wir uns treffen."

Dem Doktor wurde mulmig zumute, denn wenn sie ausgehen würde, musste sie sich vorher ankleiden und dazu bestimmt das Schlafzimmer aufsuchen. Mit dem Anflug von Verzweiflung suchte er nach einem Versteck, doch unter dem Bett fand er zu wenig Raum für seinen dicklichen Körper und die Schränke schienen ihm zu schmal, um sich hineinzuzwängen. Vorhänge gab es an den Fenstern keine, hinter denen er sich verbergen konnte. Draußen hörte er Ivy schrill auflachen.

"Hihihaa! Maurice, du bist ein ganz Schlimmer! Ja, im Odeon bekommst du sicher einen Fensterplatz für uns. Wann soll ich dort sein? Das schaff ich leicht! Bin gleich bei dir, falls mir nichts dazwischen kommt!"

Dem Tête-à-Tête schien sie schon entgegenzufiebern, Doktor Cullen begann zu schwitzen, er musste handeln, um der Peinlichkeit der Entdeckung zu entgehen. Daher holte er aus seiner rechten Hosentasche seinen Betäubungsspray heraus. Eine Prise davon in das ebenmäßige Gesicht der blonden Frau und sie würde bewusstlos zu Boden sinken und sich nachher nicht mehr erinnern können, was die paar Minuten davor passiert war. Schon hörte er sie mit gedämpften Schritten zur Tür tapsen, die sich leicht öffnete. Noch bevor sie eintrat, streckte er den Arm aus, betätigte den Sprayknopf und das Betäubungsmittel konnte mittels einer kleinen Sprühwolke seine Wirkung entfalten. Lautlos sank sie nieder, ihr schlanker Körper verursachte beim Auftreffen auf dem beigen Teppichboden kaum ein Geräusch. Hastig steckte er die kleine Spraydose wieder ein, beäugte sich Ivy Askin, verdrängte die Versuchung, sich an ihr zu vergehen und hob sie vorsichtig hoch.

Merkwürdig, sinnierte er: Wie alle Frauen besteht sie nur aus Muskelmasse, Fettgewebe mit Haut überzogen und verströmt dennoch die Aura einer schlafenden Göttin.

Mit sicheren Schritten trug er seine höchstens 50 Kilogramm schwere Last zurück auf den Balkon und setzte sie ganz vorsichtig wieder hin. Vom Hochhaus gegenüber, das über keine Balkone verfügte, konnte ihn niemand gesehen haben. Die Fenster hatten sich alle verdunkelt, um die Bewohner vor zuviel Hitze zu bewahren.

Beim Drapieren ihrer Beine konnte er sich nicht zurückhalten und strich langsam an der Innenseite ihrer Schenkel entlang. Ihre Haut fühlte sich wie Seide an. Nun konnte er Frank verstehen - von so einer Frau lässt sich kaum ein Mann scheiden. Widerwillig riss er sich von ihrem verführerischen Anblick los und eilte zum Ausgang. Doch beim Computer blieb er nochmals stehen, holte aus der Innentasche seines Sakkos einen kleinen Störsender in Form eines harmlos aussehenden Schlüsselanhängers heraus, mit dem er den Armreif außer Betrieb setzte. Ebenfalls ein sehr nützliches Gadget, das nur gewissen Auserwählten zur Verfügung stand. Danach tupfte er sich mit einem Tissue aus einem goldfarbenen Spender hinter dem Computer die Stirnglatze ab und schritt entschlossen aus dem Apartment.

Insgeheim freute er sich über seinen gelungenen Coup, sowie auch über das Wiedersehen in einer Woche. Wer immer dieser Maurice auch war, er würde umsonst auf sie warten, sie würde sich an seinen Anruf nicht erinnern können. Zufrieden grinste der Doktor beim Ausstieg aus dem Lift.

Draußen auf der Straße kam ihm spontan die Idee, doch selbst ins Odeon einzukehren. So ein feines Restaurant konnte er sich leicht leisten. Voriges Jahr hatte er sogar schon einmal darin dinniert. Es lag in einer Entfernung von nur wenigen Gehminuten und er schlenderte zwischen andern Passanten gemütlich dorthin. Am Eingang stand eine livrierte Empfangsdame und erkundigte sich, ob er reserviert habe.

"Nein, ich entschloss mich ganz plötzlich. Haben Sie irgendwo ein Plätzchen für mich frei?"

"Ja, ein Einzelplatz an der Balustrade, unser Service-Roboter führt Sie hin, Sir."

"Danke, junge Dame", raunte er ihr zu und folgte dem Roboter - einem Modell mit immer fröhlichem Gesicht - einige Stufen hinauf an einen achteckigen Tisch mit bequemem Sessel davor.

Von seinem Platz konnte Dr. Cullen das gesamte Lokal gut überblicken. Es bot sechs Fensterplätze, die allesamt besetzt waren. Und nur einer davon von einer männlichen Einzelperson.

"Was möchten Sie trinken, Sir?", erkundigte sich die junge Kellnerin in einem aufreizenden schwarzen Kleidchen mit einer weißen Schürze. Sie mochte im gleichen Alter wie Ivy sein, doch trotz ebenfalls blonder Mähne nicht halb so verführerisch.

"Äh- ich nehme einen doppelten Cognac und zu essen hätte ich gerne Ihre Spezialität.

Sie haben doch noch die Flusskrebse vom Mars?"

"Selbstverständlich. Wieviele darf ich Ihnen bringen?"

"Mit zwei Dutzend werde ich das Auslangen finden."

"Sehr wohl, Sir."

Als sie sich entfernte, verschwendete der Doktor keinen Blick auf ihr Hinterteil, in Gedanken lag er bei Ivy Askin, fühlte ihre seidige Haut und fuhr mit seinen Fingern durch ihr blondes Haar. Dann schweiften seine Gedanken wieder zu dem Anrufer namens Maurice. War der am Fenster sehnsüchtig Wartende dieser Kerl? Ein Ehebrecher? Eifersucht stieg in ihm stellvertretend für Frank auf. Maurice schien Frank nicht unähnlich. Auf die Entfernung schätzte Cullen ihn ebenfalls auf höchstens Mitte dreißig. Wie der Raumfahrer zeigte er sich blendend aussehend, hochgewachsen, breitschultrig und dunkelhaarig. Der schiefergraue Anzug spannte über seine Oberarmmuskeln.

Die Kellnerin servierte dem Doktor den Cognac, den dieser langsam genoss, während Maurice auf seinen smarten Armreif tippte. Offenbar versuchte er erfolglos, Ivy anzurufen. Dr. Cullen fühlte einen Triumpf, da er doch klugerweise Ivys Armreif außer Gefecht gesetzt hatte. Störungen ereigneten sich durchaus auch ohne Sender und konnten bis zu einer Stunde dauern, eine durch einen Störsender verursachte, löschte zudem noch den letzten Anruf. Grinsend schob er einen Ärmel hoch und hob seinen eignen smarten Armreif auf Augenhöhe. Mit dessen Zoom-Funktion holte er das Gesicht dieses Maurice heran und ließ es durch das medizinische Erkennungsprogramm laufen. Ein Programm, auf das nur Ärzte zugreifen konnten. Das Resultat erstaunte Cullen, denn Maurice hieß mit vollem Namen Maurice Emanuel Adjaneff und war als leitender Angestellter der Raumfahrtfirma NSTA eingetragen.

Soso, dachte Cullen amüsiert, während der Gatte im All weilt, kommt Mr. Adjaneff als Tröster der Strohwitwen zum Einsatz.

Die Flusskrebse schmeckten ihm formidable, vor allem, weil die Aussicht auf einen versetzten Gigolo den Appetit zusätzlich anregte. Maurice Adjaneff verließ nach einer halben Stunde das Odeon und Cullen bestellte sich noch ein Mousse au Chokolat als Dessert.

3_Traumdeutung

"Wie wäre es heute wieder mit einem Ausflug in den Tranquiller-Room, Mr. Askin?"

"Das wäre mir sehr willkommen, Miss Fenton", lächelte Frank, der sexuell ausgehungert sogar auf die sehr burschikose Therapeutin ein begehrliches Auge warf.

"Mr. Arnold ist auch da", kündigte sie ihm an. Ihre Augen glänzten so wie ihr mit Gel zurückgekämmtes schwarzes Haar.

"Den habe ich schon lange nicht mehr gesehen."

"Dann ziehen Sie sich um und haben viel Spaß!"

Frank schlenderte in den Umkleideraum, um sich Badebekleidung anzuziehen. Der Tranquiller-Room - ein 280-Kubikmeter-Raum - war gänzlich mit einer patentierten Flüssigkeit gefüllt und hatte seinen Erfinder, Professor Viktor Sakraf reich und berühmt gemacht. Transparent wie Wasser, allerdings viel weniger schwer und atembar. Es fühlte sich immer so an, als würde man in einem mit schwerer, sehr nasser Luft gefüllten Raum herumspazieren. Man konnte sie durch die Nase einatmen und durch den Mund wieder ausstoßen, was leichte Blasen - ähnlich Seifenblasen - warf. Auch sprechen konnte man in dieser famosen Flüssigkeit, wenn die Sätze auch langsamer an die Ohren drangen und immer wieder mit Blub-Geräuschen gewürzt wurden.

In seiner rostroten Badehose trat Frank durch die Schleuse ein und ging langsam durch die Tranquiller-Flüssigkeit auf Sam Arnold in grasgrüner Badehose zu.

"Hi, Sam - Blub - wie geht's?"

"Frag nicht, könnte - Blub - besser sein."

"Was heißt das? Gesundheitlicher - Blub - Ärger?"

"Herzschmerz! Seit Ende unseres Einsatzes - Blub - ist bei mir nichts mehr gelaufen - Blub - ausgenommen einige oberflächliche Nummern mit - Blub - Bienen aus meiner Nachbarschaft. Du hast's gut - Blub - mit deiner Frau."

Der ist hier unten viel redseliger als oben, dachte Frank, wollte ihn auch nicht mit seinen Eheproblemen belasten, nickte stattdessen nur.

"Wir sind im selben Alter - Blub - und du bist schon zum - Blub - dritten Mal verheiratet. Vielleicht sollte ich auch - Blub - vor Anker gehen."

"Ich denke, viele - Blub - beneiden dich um deine wechselnden Liebschaften - Blub."

"Sind anstrengend - Blub - und manchmal ermüdend."

"Du machst keinen - Blub - müden Eindruck, Sam."

"Nein? Das täuscht. - Blub - Ich will bald wieder rauf."

"Noch einen Versuch - Blub - auf dem verfluchten Planeten?"

"Warum nicht? - Blub - wir sind ja nicht fertig geworden."

"Mit den Nerven - Blub - war ich schon fertig."

"Frank, alter Junge - Blub - bleib cool, schreib es als neuen Erfahrungs - Blub - gewinn ab."

"Du hast leicht - Blub - reden. Du bist so unbeschwert - Blub - vielleicht, weil du noch kinderlos - Blub - bist."

"Was ist mit deinen - Blub - Kindern?"

"Ich sehe sie kaum - Blub - das tut mir weh."

"Rede doch mit deiner - Blub - Ex."

"Nein, mit der - Blub - kann man nicht reden, nur - Blub - streiten. WEIBER!"

"Ich hatte schon Albträume - Blub - wegen so einer anhänglichen Klette - Blub - und überlegte einen Umzug."

"Ich habe auch Albträume - Blub - aber wegen unseres Einsatzes."

"Mach dich nicht - Blub - verrückt, Frank. Was passiert ist - Blub - ist passiert."

"Das Schlimme ist - Blub - ich kann mit niemandem darüber - Blub - reden."

"Du gehst doch zu so nem - Blub - fetten Arzt."

"Ja, aber - Blub - von den Träumen darf er - Blub - nichts wissen, wegen der - Blub - Geheimhaltung."

"Du träumst etwas, das - Blub - oben passiert ist?"

"Ja, sicher - Blub - du nicht?"

"Ne, wirklich nicht - Blub."

Eine Zeitlang standen sie sich schweigend gegenüber, genossen das sie umschmeichelnde Pseudo-Wasser, das ihnen ein Gefühl der Schwerelosigkeit vermittelte, die doch ganz anders als für sie gewohnt war.

"Sieh dir mal meine - Blub - Mückenstiche an", forderte ihn Sam auf und hielt ihm die Arme entgegen. "Während sich meine Nächte in der Natur - Blub - so dahinschleppen, zieht meine LED-Lampe diese verfluchten - Blub - Biester an und ich muss in einer - Blub - Wolke mich piesackender Insekten im Zelt schlafen."

"Wieso schläfst du - Blub - in einem Zelt? Ich dachte, du - Blub - besitzt ein Haus?"

"Schon, aber ich muss - Blub - immer mal raus, um die Freiheit - Blub - spüren zu können. Nach all den vielen - Blub - Tagen und Nächten im engen Schlafsarg vom Schiff - Blub - brauch ich das Kontrastprogramm."

"Manchmal sitz ich auch nachts am Balkon - Blub - da oben gibt's keine Insekten - Blub - und versuche die Albträume zu verarbeiten - Blub - erfolglos..."

"Was träumst du denn - Blub - so Schreckliches?"

"Meistens von dem Desaster - Blub - ich krieg's einfach nicht aus dem - Blub - Kopf." Dabei deutete er sich mehrfach gegen die Stirn.

"Du hättest den Helm - Blub - nicht abnehmen sollen."

"Das hat nichts damit zu - Blub - tun."

"Denk nicht mehr dran, Franky - Blub - und schlussendlich wirst du es - Blub - irgendwann vergessen haben."

"Das vergesse ich nie - Blub - immer wieder geh' ich durch diese ver - Blub - dammte Tür, die gar nicht da ist und - Blub - bleib dann im Gestein stecken. Blub - dann höre ich auf einmal diese tiefen Stimmen und - Blub - kann sie nicht verstehen. Und dann-"

Hier stockte er plötzlich, atmete tief ein, stieß eine große Blase aus, versuchte weiterzusprechen und brach ganz ab.

"Was *und dann* - Blub?"

"Kann mich nicht mehr - Blub - erinnern."

"Was schließt du - Blub - daraus?" Sam fuhr sich mit einer Hand durch sein in der Flüssigkeit hochstehendes Haar.

"Dass wir hätten dortbleiben - Blub - sollen."

"Bis es uns auch - Blub - erwischt hätte?"

"Bis wir ihn - Blub - wieder gefunden hätten."

"Frank, hör auf damit - Blub - was geschehen ist, können - Blub - wir nicht mehr rückgängig machen."

"Vielleicht doch - Blub - es gibt doch die neue Physik - Blub - der wir es verdanken, durch Umwege - Blub - schneller als das Licht zu fliegen."

"Und du glaubst - Blub - jetzt sind auf einmal auch - Blub - Zeitreisen möglich?"

"Ja, das denke ich - Blub."

"Vergiss es, der Traum zeigt dir - Blub - doch auch, dass du im Stein feststeckst - Blub - also auch nicht zurück kannst."

"Ja, ich kann weder - Blub - vor noch zurück."

"Das bedeutet, wir - Blub - können nichts mehr ändern."

"Doch, es muss einfach - Blub - möglich sein!" Franks Gesicht nahm einen verkrampften Ausdruck an.

"Und ist das immer derselbe Albtraum - Blub?"

"Ziemlich, manchmal - Blub - gibt es leichte Veränderungen, aber - Blub - meistens läuft alles nach Schema - Blub - F ab und-"

"Hast du's deiner - Blub - Frau anvertraut?", unterbrach ihn Sam.

"Nein, die erfährt kein - Blub - Wort von mir!"

"Erzähls doch deinem - Blub - dicken Doktor, der hat doch ärztliche Schweigepflicht."

"Das geht nicht, weil - Blub - er doch auch nur ein Mensch ist und - Blub - unabsichtlich etwas ausplaudern kann."

"Ja, aber - Blub - du machst dich noch seelisch kaputt, wenn du - Blub - alles in dich reinfrisst."

"Mir ist da so eine - Blub - Idee gekommen-"

Auf einmal ertönte die Stimme der Therapeutin über den Tranquiller-Lautsprecher: "Die Session ist zu Ende, meine Herren!"

Beide machten sich gehorsam, aber langsam auf den Weg zum Ausgang.

"Welche Idee ist - Blub - dir gekommen?"

"Erzähl ich dir - Blub - wenn die Zeit dafür gekommen ist."

4_Recherche

Cullen erreichte gesättigt seinen Wohnturm und konnte es kaum erwarten, den USC-Stick an seinen Computer anzustecken, um seine Ausbeute einer genauen Betrachtung zu unterziehen. Für den kleinen Unauthorized Sequences Copy-Stick stellten jeglicher Kopierschutz, Verschlüsselung sowie Passwörter kein Problem dar. Penibel listete er auf, dass der Computer von beiden Eheleuten genutzt wurde. Von Frank Askin unter dem Passwort SpaceTravel17, von Ivy Askin unter Lovesick69, was dem Doktor ein halbherziges Lächeln entlockte. Eine Welle gemischter Gefühle überfiel ihn: Aufregung nach einem ungeplanten verbotenen Abenteuer am Rande der Kriminalität, Vorfreude auf die Ernte

verbotener Früchte und schließlich auch
Furcht vor dem Verlust seiner sozialen
Sonderstellung infolge seiner Tat. Diesen
prickelnden Mix empfand er als sehr
angenehm und willkommene Abwechslung zu
seiner sonst so trockenen Analysearbeit. So
scrollte er sich beinahe euphorisch durch die
stiebitzten Daten.

Frank nutzte ein
Verschlüsselungsprogramm, das ihm die
NSTA (New Space Travel Agency) zur
Verfügung stellte, und Ivy nutzte das weithin
bekannte HY-Programm (hide yourself), von
dem sie eigentlich wissen sollte, dass es für
ihren Gatten zu knacken kein Problem
darstellte.

Naja, dachte Cullen, gar manch junge
Frauen sind noch sehr naiv, oder aber Ivy
wollte, dass er alles liest und sich danach
richtet, respektive sein Verhalten verbessert.

Daher machte sich der neugierige Doktor
zuerst an die von ihr generierten Dateien
heran. Mit Wohlgefallen ließ er seine Augen
durch ihr Fotoarchiv streunen, das ihm kesse
Bilder ihrer tadellosen Sanduhrfigur in allen
möglichen Verpackungen präsentierte. Es
vermittelte ihm das schon fast vergessene
Gefühl, wieder 30 Jahre jünger und notgeil
wie ein Teenie zu sein. Wie sehr wünschte er
sich, er könnte in diese Bilder eintauchen,
sich an der Schönen delektieren und sie einige

Minuten ganz allein für sich haben. Unter der Gürtellinie regte sich sein Glied und zeigte ebenfalls reges Interesse. Um wenigstens ein wenig mehr von seiner Augenweide genießen zu können, suchte er sich ein Foto von ihr aus, auf dem sie ein durchsichtiges weißes Kleid trug und ließ es als Hologramm neben sich erscheinen. Die perfekte Illusion einer weiblichen Besucherin in seinem nüchternen Arbeitszimmer erregte ihn noch mehr.

So angenehm er das auch empfand, er konnte sich nicht seinen Trieben hingeben. So schloss er die Datei, wenn auch widerwillig, betrübt über das Verschwinden der Schönen in Weiß.

Dann las er das gesamte Journal, in dem er über ihre wachsende Aversion gegen ihren Mann genauer informiert wurde. Ziemlich genau einen Monat lang schrieb sie sich den Frust von der Seele, den vorsätzlich zu lesen, sie wenig wahrscheinlich ihrem Mann zugedacht haben konnte. Offenbar hatte sie mehr Zutrauen zu diesem Verschlüsselungsprogramm als zu ihrem Ehegespons. Allerdings konnte Dr. Cullen keine Aufzeichnungen über einen Beischlaf mit Maurice Adjaneff in dem Journal finden. Sollte irgendetwas zwischen den beiden gelaufen sein, hatte sie es bisher noch nicht aufzuschreiben gewagt oder für wert befunden. Dafür fand er den Briefverkehr mit ihren Eltern, die beide nur noch digital lebten, was immer noch einen regen Gedankenaustausch ermöglichte. Ihre Mutter wurde nicht müde, ihr zu versichern, es gäbe viel mehr jenseits der irdischen Welt und ihr Vater ermunterte sie unentwegt, einen Prozess anzustreben.

Meine liebste Ivy, du solltest dir endlich einen exzellenten Anwalt suchen, für die Erfechtung von Kompensation deines immensen Verlustes und des dadurch geschehenen Unrechts. In ewiger Liebe, Dein Dich über alles liebender Papa

Hm, dachte der Doktor interessiert, was mag das für ein Verlust gewesen sein, welcher ein Unrecht nach sich zog?

Dann scrollte er weiter und entdeckte einige ihrer Arbeiten im Bereich Roboter-Design. Mehrmals hatte sie Entwürfe für das elegantere Aussehen von Service-Robotern bei verschiedenen Firmen eingereicht, von denen bisher keine davon Notiz genommen hatte.

Da muss sich eine Menge Frust in ihr aufgestaut haben, folgerte er, den gibt sie wohl an ihren Mann weiter.

In einem Brief schrieb sie einem Ansprechpartner, ob seine Absage etwas mit ihrem Geschlecht zu tun hätte. Darauf bekam sie von diesem eine längere Liste von Geschäftspartnerinnen, die sich mit ihren Arbeiten bisher lange vor ihr qualifizieren konnten. Zusätzlich riet ihr der Ansprechpartner namens Severin Rottenholm, sich nochmals mit ihren Entwürfen auseinanderzusetzen, um diese auch leichter leistbar für die Firmen zu machen. Ein ziemlicher Untergriff, doch recht wirksam: Sie hatte seither nie wieder einen Entwurf eingereicht. Das hieß, sie schien finanziell total von ihrem Ehemann abhängig zu sein.

Dafür bildet sie allerdings keinen Regenbogen um ihn, grinste Cullen in sich hinein, einige Sitzungen bei mir würden ihr helfen und das Eheleben erheblich entspannen.

Zu Freundinnen hielt sie jedenfalls keine Kontakte, wie das für ihre Altersgruppe üblich war, wahrscheinlich stellte sie mit ihrer Physis eine zu große Versuchung für deren Partner dar. Sie skypte nur hin und wieder mit einer Cousine namens Sharon in Australien, sonst schien sie ziemlich isoliert zu sein.

Dann richtete der Doktor seine ganze Aufmerksamkeit auf das, was sein Patient über seinen Einsatz im All notiert hatte. Leider musste er schnell feststellen, dass dessen Schreibfreude weniger ausgebildet als jene seiner Gattin war. Es fanden sich nur Stichworte, mit denen ein Außenstehender nichts anfangen konnte. Das las sich so:

Eintritt mit Zahnweh/ Himmel trägt Trauer/ unter uns Steinmeer/ J nervt/ S

spielt verrückt/ Instrumente versagen/
Landung bockt/ Ausgang öde/ Sonde
verreckt/ Abflug rapid/ Rückkehr fraglich/
kein Willkommen

Bezüglich seiner Geheimhaltung hatte sich
Frank damit keinen Verrat zuschulden
kommen lassen. Krampfhaft überlegte Cullen,
was er daraus entnehmen konnte. Auf den
ersten Blick übersetzte er sich: Schwieriger
Eintritt in die Atmosphäre, unter einem
schwarzem Himmel befindet sich eine felsige
Landschaft, J und S mussten wohl seine
Kameraden an Bord sein, die ihn beide
zusätzlich unter Stress setzten. Die Technik
versagte bei der Landung, der Landgang
erwies sich als ereignislos, eine Sonde ging
kaputt und der Heimflug erfolgte unmittelbar
danach, wobei eine Rückkehr kaum infrage
kam. Und die erhoffte Willkommenszeremonie
der NSTA schien gänzlich ausgefallen zu sein.
Oder auch das Willkommensszenario seitens
seiner Gemahlin fiel traurig aus. Oder beides.

Trotz genauer Durchforstung aller Dateien
fand Cullen weder die Position des Planeten,
noch den Auftrag, wozu er überhaupt
erforscht werden sollte. Ob aufgrund von
Bodenschätzen, Kolonisation oder auch nur
als Militärstützpunkt. Darüber gab es keine
Aufzeichnungen. Auch über etwaige
Albträume fanden sich keine Notizen. Frank
schien das Meiste seiner psychischen

Probleme tief in sich einzuzementieren, penibel darauf bedacht, dass diese sich kein Hacker aneignen und zu seinem Vorteil nutzen konnte.

Das warf zwar ein vorteilhaftes Licht auf seine Zuverlässigkeit, aber ließ den Doktor total im Dunkeln. Das einzige, was er mit Sicherheit aus den Dateien der Askins schließen konnte, waren die total unterschiedlichen Charaktere der beiden. Hätten ihn die beiden vor der Eheschließung konsultiert, er hätte ihnen von dem Schritt zur Hochzeit dringend abgeraten, obwohl das wohl keinen Unterschied gemacht hätte. Kaum jemand befolgte den guten Rat eines Doktors oder Verwandten bei seiner Partnerwahl.

Cullen hatte sich nach dem Diebstahl der persönlichen Daten alles viel leichter vorgestellt. Leider verhinderte in dem Fall eine Art von Paranoia genaue Beschreibungen darin. Es würde ihm nichts übrigbleiben, als sich bis zur Übergabe der Aufnahme von Franks nächtlichem Geplauder durch dessen Angetraute zu gedulden. Diesem konnte er eventuell mehr darüber entnehmen, was weit draußen im All wirklich geschehen ist und-

Ein Anruf riss ihn aus seiner Konzentration.

"Ja?"

"Dr. Cullen, wie sieht es aus mit unserem Spiel?"

"Oh, ich brauche noch einige Übungsstunden, ehe ich mit Ihnen auf den Course treten kann."

"Wir sind schon lange nicht mehr auf demselben Spielfeld gestanden."

"Das stimmt, ich freue mich schon auf unser Match!"

"Lassen Sie mich nicht zu lange warten." Die Stimme bohrte sich hoch und schrill in des Doktors Gehörgänge.

"Nächstes Mal bin ich bereit!", versprach er mit viel hörbarem Optimismus und beendete das Gespräch.

Mit beiden Zeigefingern massierte sich Cullen seine Schläfen und überlegte. In seinem Bauch rumorten die zuvor genossenen Flusskrebse, als wollten sie wieder nach oben krabbeln.

Verdammt, dachte er, der volle Bauch stört mich beim Denken.

5_Erinnerung

"Was halten Sie von meiner Frau?"

"Sie sieht fabelhaft aus", schwärmte der Doktor, relativierte allerdings schnell. "Das einzige Manko, das mir an ihr auffiel, ist, dass sie fünf Jahre älter als 22 aussieht. Aber das kann an dem dicken schwarzen Balken liegen, den sie sich um die Augenlider legt."

"Ja, ungeschminkt sieht sie viel jünger aus."

"Hat sie Ihnen von meinem Besuch erzählt?"

"Nein, ich fand sie schlafend auf dem Balkon vor. Ivy schien sehr müde zu sein, so trug ich sie ins Bett und es ergab sich eine tolle Nummer." Seine harten Gesichtszüge entspannten sich.

"Das freut mich für Sie, Frank!" Wahrscheinlich war sie in Gedanken bei dem andern, dachte der Doktor mit hochgezogenen Mundwinkeln.

"Ob Ihr Besuch damit zu tun haben kann?" Seine dunklen Augen verengten sich.

"Ja, ich lobte Sie als besten Mann des ganzen Raumfahrt-Programms", log Dr. Cullen, "und tat begeistert von dem Balkon, den Sie ihr schenkten. Sie lud mich für nächsten Freitag wieder ein."

In der Hoffnung auf erneuten Sex weiteten sich nun Franks Pupillen, ehe er argwöhnte: "Warum ist denn ein neuerliches Treffen erforderlich, Doktor?"

"Ihre Frau will auf meinen Wunsch Ihre im Schlaf gesprochenen Worte aufnehmen."

"Aber sie hat laut ihrem Journal doch schon eine Aufnahme davon."

"Hm, entweder wollte sie das nicht zugeben, oder aber sie hat die Daten wieder gelöscht."

"Ja, möglich..."

"Übrigens überzeugte mich Ihre Frau, ohne von mir dazu befragt zu werden, davon, dass sie keinerlei böse Taten gegen Sie im Schilde führt."

"Wirklich? Wie kamen Sie darauf?"

"Sie schien auf ihrem Balkon sehr glücklich zu sein. Und sie wird die Kuh, die sie noch melken kann, doch nicht schlachten wollen."

"Was heißt melken? Der Sex ist ziemlich selten."

"Ich meinte das im übertragenen Sinn. SIE ermöglichen Ivy doch ein Luxusleben mit Reisen und all-"

"Die Reisen machte sie vor der Heirat", unterbrach er rasch, "und zwar von ihrem Erbe nach dem Tod ihrer Eltern."

"Oh, davon sagte sie nichts."

"Nein, sie spricht nicht gern über Tote."

"Und wie wäre es, wenn Sie sich auf die Couch legten und ich wieder eine Hypnosetherapie vornehme?"

"Einverstanden."

Cullen beobachtete, wie sich sein Patient schwungvoll erhob, zur Couch begab und lässig darauf fallen ließ.

"Ich zähle wieder bis zehn und Sie werden müüüüde. Eins, zwei, drei, vier-"

Der Doktor merkte den gelösten Zustand, der sich nun bei Frank Askin einzustellen schien. Mit geschlossenen Augen lag dieser auf der weichen Couch, welche sich mit leichten Vibrationen an den Körper schmiegte, fast wie eine liebevolle Umarmung.

"-fünf, sechs, sieben, acht, neun, zehn! Was passierte auf dem Planeten, Frank?"

"Unterliegt der Geheimhaltung!" Franks Ton hörte sich wieder gehetzt an, seine Züge vereisten förmlich.

"Wir kamen doch überein, die Geheimhaltung zu überspringen. Sie erzählen mir alles, was Sie bedrückt, um von Ihren Albträumen befreit zu werden, und es wird niemand je erfahren. Wie gestaltete sich die Landung?"

"Die Landung verlief ohne Probleme."

Der Doktor kontrollierte Franks Atmung, dessen Pupillen wanderten unter den geschlossenen Lidern wie im Traum hin und her. Bei der weiteren Befragung gab er seiner Stimme einen weichen, sehr angenehmen Ton.

"Und Sie verließen die Fähre, um den Planeten zu erkunden, stimmt das, Frank?"

"Ja, genau."

"Allein?"

"Nein. Mit meinem Kameraden Jorge, während Sam hinter dem Steuer sitzenblieb."

"War es ein erdähnlicher Planet?"

"Ja, aber wir trugen unsere Anzüge und setzten auch die Helme nicht ab."

"Wie haben Sie die Natur dort in Erinnerung?"

"Karg."

"Was bedeutet das?"

"Kaum Pflanzen, nur Steine, Felsen und Berge."

"Welche Farbe hatte der Himmel?"

"Bleigrau mit Gewitterwolken."

Frank begann zu schwitzen, atmete schwerer und sprach langsamer als sonst: "Wir kamen zu einer Stelle, an der in über zwei Meter Höhe ein Halbkreis eingestemmt war."

"Eine Sonnenuhr?"

"Nein. Ein Torbogen ohne Tor."

"Was taten Sie?"

"Ich fragte Jorge, was er davon hält. Er sagte, er hätte sowas Ähnliches schon mal gesehen."

"Wo? Bei uns?"

"Das hat er nicht gesagt. Jorge holte aus seinem Rucksack die Sonde heraus."

"Welche Sonde?"

"Eine Sonde, die das Gestein mit Schall durchdringen kann. Er schaltete sie ein und horchte."

"Was taten Sie dann?"

"Ich fragte ihn, wie lang das dauert."

"Und was sagte er?"

"Er sagte, es kann bis zu einer halben Stunde dauern, bis er die richtige Frequenz findet."

"Die richtige Frequenz wofür?"

"Ch-ch", keuchte er. "Zum Durchdringen des Gesteins."

"Sie wollten mitttels der Sonde erfahren, woraus das Gestein besteht?"

"Nein, ch - ch - wir brauchten die Sonde zum Eintritt hinter das Tor unter dem Torbogen."

"Sie sagten doch, der Torbogen wäre ohne Tor gewesen."

"Ohne sichtbares Tor", erklärte Frank und beruhigte sich etwas.

"Heißt das, dass sich dahinter eine verborgene Höhle befindet?"

"Die Berge dort sind total unterminiert. Das hat der Satellit angezeigt."

"Hm, von einer technisch fortgeschrittenen Zivilisation?"

"Ja, das haben wir angenommen, aber der Satellit hat kein Lebenszeichen gefunden."

"Wie lange warteten Sie?"

"Gar nicht, ich sagte Jorge, dass ich inzwischen zurück zur Fähre gehe, um noch etwas zu holen."

"Was wollten Sie denn noch holen?"

"Eine Laserwaffe!"

"Um das Gestein zu schmelzen, falls Jorge keinen Erfolg haben sollte?"

"Nein, um uns zu verteidigen, falls hinter dem Tor eine Gefahr auf uns wartete."

"Weshalb hatten Sie die Waffe nicht dabei?"

"Der Planet war doch laut Satellit unbewohnt. Ausgestorben. Außer einigem Gewürm und vereinzelten Insekten, ähnlich Ameisen, doch weit primitiver, haben wir kein Leben detektiert."

"Hm, was geschah, als Sie mit der Waffe zurückkamen?"

"Nichts!" Frank keuchte, als wäre er von einem langen Marsch erschöpft. "Ich war höchstens 15 Minuten fort und als ich wieder zurückkam, war Jorge verschwunden. Die Sonde lag zerstört vor mir."

"Was taten Sie dann?"

"Ich hab nach ihm gerufen: JORGE! JORGE! Dann nahm ich sogar den Helm ab und schrie seinen Namen."

"Und er meldete sich nicht?"

"Nein, das Echo kam verzerrt zurück und hörte sich an wie SORGE! SORGE! Ich hielt das für Absicht."

"Absicht? Von wem?"

"Von denen, die hinter dem Tor lauerten." Franks ehedem ruhige Gesichtszüge entgleisten zu einer Fratze. "Sie sind uns feindlich gesinnt."

"Woher wissen Sie das?"

"Sie haben Jorge verschwinden lassen. ER IST TOT!", rief er entsetzt aus und schlug die Augen auf, starrte jedoch mit gefletschten Zähnen ins Leere. "AAAHHH!"

"Frank, beruhigen Sie sich. Sie sind in Sicherheit. Nichts kann Ihnen hier bei mir geschehen. Wenn ich bis zehn gezählt habe, wachen Sie auf und fühlen sich frisch erholt. Eins, zwei, drei, vier, fünf, -"

Bei fünf zeigte Frank wieder entspannte Gesichtszüge.

"- sechs, sieben, acht, neun, zehn!"

Frank atmete erleichtert durch, setzte sich auf und blickte den Doktor direkt an. "Und? Was hab ich gesagt?"

"Sie haben erzählt, dass Jorge verschwunden ist. Sie vermuten, dass er tot ist, doch ich nehme an, Sie haben seine Leiche nie gefunden, stimmt's?"

Traurig schüttelte Frank den Kopf. "Nein, wir flogen nach drei Tagen erfolglos ab."

"Anderes Thema: Sind Sie mit Mr. Adjaneff befreundet?"

"So würde ich das nicht nennen. Wie kommen Sie jetzt ausgerechnet auf ihn?" Franks Stirn legte sich in Falten.

"Ich sah ihn kürzlich im Odeon, als ich dort die köstlichen Flusskrebse speiste." In Erinnerung an diese Delikatesse leckte er sich automatisch über die Lippen.

"Ivy und ich saßen auch schon öfters dort, Flusskrebse gehörten allerdings nicht zu unserem Mahl. Und ja, jetzt erinnere ich mich, Adjaneff kam an unseren Tisch und ich stellte ihn ihr vor."

Großer Fehler, mein Junge, dachte Cullen amüsiert, immerhin konntest du dank meiner Initiative an seinerstatt mit deiner Frau schlafen.

Nachdenklich sprach Frank weiter: "Er hat dann, nachdem er sich zu uns setzte, sogar die Rechnung übernommen. Das muss schon mindestens fünf, sechs Monate her sein."

"Kurz darauf bekamen Sie den Einsatzbefehl, richtig?"

"Ja, so war es. Außer mir standen noch drei andere Astronauten bereit. Glauben Sie, seine Sympathie hat mir den Einsatz verschafft?"

"Das kann durchaus möglich sein." Das oder deine so entzückende Gattin, setzte er gedanklich fort.

6_Fremdsprache

"Mrs. Askin, danke, dass Sie sich erneut die Zeit genommen haben, mich einzuladen", begrüßte der Doktor Franks Frau.

Diesmal stand sie ihm allerdings nicht in einem Bikini gegenüber, sondern in einem langen violetten Kleid, das ihre wohlproportionierten Formen verhüllte. Nur die mit rotem Nagellack verzierten Zehen lugten keck unter dem Saum hervor.

"Ich halte mich an Abmachungen", sagte sie und deutete ihm mit einer eleganten Armbewegung an, auf einem bunt gestreiften Fauteuil im Wohnzimmer Platz zu nehmen.

"Schon letztes Mal wollte ich Ihnen zu Ihrem guten Einrichtungsgeschmack gratulieren", bemerkte der Doktor, dem in ihrem hochgesteckten Haar einige Blumen auffielen. Leider dufteten sie nicht, ebensowenig ihre Trägerin nach Sonnenöl wie bei seinem letzten Besuch.

"Darf ich Sie fragen, Dr. Cullen, wie Ihre Reputation ist, bevor ich Ihnen das Material über meinen Mann aushändige? Ich hoffe, Sie nehmen mir die Frage nicht übel." Wie sie so ihm gegenüber saß, ließ sie an ihrer Körperhaltung eine gewisse Anspannung erkennen.

"Oh, ich wäre enttäuscht gewesen, wenn Sie sie nicht gestellt hätten. Ohne mir schmeicheln zu wollen, kann ich mich wohl als anerkannte Koryphäe bezeichnen. Ich praktiziere seit nunmehr 29 Jahren, davon die letzten elf Jahre speziell für die Raumfahrt. In dieser Patientengruppe gibt es immer wieder Probleme, die nichts mit den üblichen der normalen Bevölkerung zu tun haben, bedingt durch die lange Kasernierung in engen Räumen, ungesunde Strahlenbelastung, erhöhtem Stress durch unbekanntes Terrain und natürlich der hohen Gefahr, nie mehr die Heimat wiedersehen zu können."

"Das leuchtet mir ein, und haben Sie schon in Büchern publiziert?"

"In einigen Werken anderer Autoren wurden meine Fälle - natürlich mit Einverständnis meiner Patienten - wiedergegeben, in meinem Buch *Die unbekannte Größe im All*, das ein Bestseller wurde, fanden ebenfalls einige meiner Fälle ohne Namensnennung Eingang und in den wissenschaftlichen Zeitungen *Science now* sowie *The new Space* erschienen immer wieder Artikel von mir."

"Wow, das nenne ich eine internationale Karriere."

"Man könnte sie - bei einiger Übertreibung - sogar eine intergalaktische Karriere nennen", zwinkerte er ihr zu.

"Hihi", kicherte sie und nestelte an einer Haarsträhne herum, die sich aus ihrer Frisur gelöst hatte. Mit wieder ernster Miene sagte sie leise: "Ich komme mir irgendwie vor wie diese antike, Unglück bringende Figur, wie heißt sie doch gleich?"

Einige Minuten verstrichen und es entstand eine fast peinliche Stille, in welcher man ihr sichtlich beim Nachdenken zusehen konnte. Die Stirn des symmetrischen Gesichtes wies eine kleine Falte zwischen den hübsch gezupften Augenbrauen auf.

"Pandora?", versuchte er, ihrem Gedächtnis ein wenig nachzuhelfen.

"Nein ... ja, jetzt fällt mir ihr Name wieder ein: Kriemhild, die in der Absicht, ihren Mann zu schützen, dessen einzige verwundbare Stelle verraten hat."

"AH", erkannte er nun, "aus dem Nibelungenlied."

"Ja, ich lese gerne in solch uralten Sagen."

"Ich ebenfalls. Aber, verzeihen Sie mir, wenn ich Ihnen widerspreche, Kriemhild verrät ja Siegfrieds *Feind* seine verwundbare Stelle. Ich bin nun wirklich kein Hagen von Tronje, sondern möchte Ihrem Mann wieder zu seiner vollen Leistungsfähigkeit verhelfen."

"Sicher, so etwas behauptet Hagen ja auch, doch führt er Böses im Schilde."

"Weil er sich seiner Herrin, der dunklen Brunhilde verpflichtet fühlt", erinnerte sich Cullen und versuchte ein gewinnendes Lächeln, ehe er fortfuhr: "Ihre Bedenken zeigen mir, dass Sie Ihrem Gatten treu und loyal zur Seite stehen möchten. Gleichzeitig sehen Sie allerdings die Notwendigkeit ein, etwas zu seiner Genesung beizutragen."

"Sie halten ihn also für krank, Dr. Cullen?"

"Nun, es ist klar, dass er nach einem sehr anstrengenden Einsatz eine posttraumatische Belastungsstörung erlitten hat, die zu behandeln er zu mir kam. Ich kann ihm aber nur helfen, wenn ich hinter seinen Panzer gelangen kann, den er sich zum Schutz seiner Seele zugelegt hat."

"Ja, da haben Sie wohl recht, er scheint mir seelisch total verhärtet", flüsterte sie mehr zu sich selbst.

"Und diese Verhärtung aufzulösen, können wir beide gemeinsam angehen, und zwar mit Erfolgsaussicht. Übrigens sehe ich, dass Sie barfuß gehen. Gratuliere, damit tun Sie schon etwas für Ihre Gesundheit!"

"Im Ernst?"

"Aber natürlich, denn unsere Füße sehnen sich förmlich nach Freiheit, wo sie doch immer in meist zu enge Schuhe eingezwängt sind. Wussten Sie, dass der große Zeh mit der Kopfregion unseres Körpers korrespondiert?"

"Nein, das wusste ich nicht."

"Sollten Sie also - wie so viele Damen - unter Migräne leiden, gibt es einen einfachen Trick, diese zu erleichtern. Soll ich es Ihnen zeigen?", fragte er mit schon in ihre Richtung ausgebreiteten Händen.

"Oh, ich bitte darum", antwortete sie und streckte ihm ihren rechten Fuß entgegen.

Mit großer Vorfreude, sie endlich offiziell berühren zu dürfen, nahm er ihren Fuß in beide Hände und begann mit seinem linken Daumen ihren großen Zeh zu massieren.

"Fühlen Sie diesen Punkt, den ich gerade drücke?"

"Ja."

"Das ist genau der neuralgische Punkt, der für eine bessere Durchblutung des Kopfes sorgt. Alles, was Sie tun müssen, ist, ihn sorgsam mit Ihrem Daumen zu drücken, dazu ein klein wenig zu drehen. So, merken Sie es?"

"Ja, ich werde mich bei meinem nächsten Migräneanfall daran erinnern", versprach sie und entzog ihm ihren Fuß wieder.

"Bei Ihrem Gatten liegt der Fall ein wenig komplizierter", erklärte er, "da ist es leider nicht mit einer simplen Fußreflexzonen-Massage getan. Daher benötige ich alle relevanten Informationen über sein Leiden, das er so hartnäckig vor uns beiden zu verbergen sucht."

Von seinen Worten beruhigt händigte sie ihm die Audio-Datei in Form einer roten Rose aus, welche sie sich langsam aus dem Haar nahm, während sie salbungsvoll verlauten ließ: "Ich hoffe wirklich, dass Sie die zum Teil unnatürlichen Laute, die Frank auf dieser Aufnahme von sich gibt, deuten und ihm helfen können."

"Ich werde mein Möglichstes tun, Mrs. Askin. Es freut mich, dass Sie so sehr an seinem Schicksal Anteil nehmen." Schnell ließ er die Rose, die sogar angenehm duftete, um die Illusion einer echten Blume zu perfektionieren, in seinem Sakko verschwinden.

"Immerhin bin ich seine Frau", stellte sie schnippisch fest und hob das Kinn hoch.

"Natürlich, doch es muss für Sie doch ziemlich anstrengend gewesen sein, die letzte Zeit mit ihm zusammen zu sein. Ich kenne nicht wenige Damen, die sofort die Scheidung eingereicht hätten."

"So eine bin ich nicht. Oder hat er etwas in der Art geäußert?"

"Nein, er teilte mir so gut wie gar nichts aus seinem Privatleben mit, wir befanden uns im Gespräch meist im All und auf einem fernen Planeten. Hat er Ihnen von dieser so unwirklichen Welt erzählt?", forschte er, begierig, von ihr Informationen zu erhalten.

"Leider nein, obwohl ich sehr neugierig auf die Natur dort wäre."

"Wenn ich bedenke, wie feindlich die Natur manchmal auf unserem eigenen Planeten und auf dem Mars ist, so frage ich mich auch, wie es wohl auf einem Planet weit außerhalb unseres Sonnensystems ist."

"Ach, der Planet ist außerhalb unserer Galaxie?"

"Sicher, sonst wären alle Informationen über ihn doch nicht so strenger Geheimhaltung unterworfen", erklärte ihr Cullen geduldig. Vor allem, um länger in ihrer Nähe verweilen zu dürfen.

"Das verstehe ich nicht ganz..."

"Nun, es heißt doch, Wissen ist Macht. Und das Wissen über eine Welt, die noch nicht ganz erforscht ist, verleiht demjenigen, der es hat, mehr Macht als jenen, die nicht über dieses Wissen verfügen."

"Aber-"

Das Quäken des Türspions unterbrach sie.

"Entschuldigen Sie mich", hauchte sie, stieß sich aus ihrem Sitz hoch und eilte leichtfüßig zur Eingangstür. "JA?"

Der Doktor konnte nicht verstehen, was sie sagte, es klang so ähnlich wie 'du kommst ungelegen'. Kurz darauf kam sie zurück, setzte sich jedoch nicht mehr hin, womit sie ihm ohne Worte mitteilte, er solle nun gehen. Daher erhob er sich und sie nickte ihm zu.

"Dann will ich Sie nicht länger stören, Mrs. Askin. Ich werde mich gleich an die Arbeit machen, um den Lauten, die Ihr Gatte im Schlaf so von sich gibt, die richtige Bedeutung abverlangen zu können."

"Ja, tun Sie das."

Kaum hatte er das Apartment verlassen, überkam ihn die Idee, sich auf die Lauer zu legen, um die Identität des Besuchers herauszufinden, der mit an Sicherheit grenzender Wahrscheinlichkeit bald hier auftauchen würde. Neben dem Lift gab es eine Biegung zu einem Lastenfahrstuhl, die er als Versteck nutzte. Und tatsächlich kam jemand fünf Minuten später auf der 39. Etage an. Als sich die Türen des Lifts öffneten, wettete der Doktor, gleich Adjaneff zu erspähen. Doch er wurde enttäuscht, es handelte sich um einen anderen Mann, der deutlich älter als der erwartete war.

"Hallo Ivy", begrüßte sie der Mann und verschwand im Apartment.

Cullen konnte leider nicht hören, was Ivy zu ihm beim Eintritt gesagt hatte, und verließ sein Versteck.

Per Taxi flog er zurück in seinen Turm und machte sich an die Arbeit. Die Aufnahme erwies sich als ziemlich aufschlussreich. Franks Stimme hörte sich tatsächlich fremd an, als er die Worte ausstieß, die Cullen einen Schauer über den breiten Rücken jagten.

"Schorum, karakatykat maha omnupatrex."

Das erste Wort klang wie ein Name, die drei folgenden beinahe wie ein Gebet. Zumindest interpretierte es Cullen in der Art. Zirka eine viertel Stunde redete Frank Askin auf der Aufnahme in einer Sprache, die Cullen nicht einmal einem Kontinent zuordnen konnte, geschweige denn einem Land. Handelte es sich dabei etwa um eine Sprache von Außerirdischen? Er tat dasselbe wie Ivy Askin und ließ die aufgenommenen Sätze einfach durch sein Computer-Übersetzungsprogramm laufen. Und es tat dasselbe wie für Ivy, es übersetzte einige Worte nach bekannten Mustern eingespeicherter Sprachen und Dialekte von Erdenmenschen.

Das hörte sich dann so an: "Chor verlangt Katharsis. Wo lokalisiert. Veränderung kann kommen. 13 Lichtjahre. Rückkehr am Ende. Schwache Einheiten."

Damit konnte Cullen absolut nichts anfangen. Selbst, wenn er seine Fantasie bemühte und zu dichten begann: Jemand verlangt eine Veränderung, der Ort ist lokalisiert worden. Die Veränderung kann in 13 Lichtjahren beginnen. Rückkehr wegen Schwäche nicht machbar.

Oder sollte es heißen: Im Chor sind wir stark und überstehen jede Katharsis. Wo eine Veränderung lokalisiert wurde, kehren wir in 13 Lichtjahren zurück.

Schließlich verwarf er den von ihm entworfenen Text wieder. Seiner Meinung nach musste es sich bei der Übersetzung um eine fehlerhafte Interpretation der Laute handeln. Und was sollten die 13 Lichtjahre bedeuten? Eine Zeitangabe, oder gar die Entfernung des Planeten?

Es schien Cullen unmöglich zu sein, dass die NSTA schon über die Technik verfügte, in kurzer Zeit so viele Lichtjahre zurücklegen zu können. Wenn die New Space Travel Agency schon derart weit technisch fortgeschritten wäre, dann hätte sie es doch längst proklamiert. Schon allein, um ihre Aktien an der Börse zum Steigen zu bringen. Oder doch nicht?

Cullen überlegte sich die herrschende politische Lage: Die USA hatte mit Europa ein

Handelsabkommen und beide Kontinente standen mit China in wirtschaftlicher Konkurrenz. Da wäre die Geheimhaltung einer Technik, die solche Strecken überwinden konnte, nur natürlich. Nun sah er sich auf der Sternkarte die Sterne im Umkreis der angegebenen Lichtjahre an. Und da sprang ihm sogleich einer ins Auge: Mit nur 13 Lichtjahren war Kapteyns Stern einer der 25 nächsten Nachbarn unserer Sonne. In seinem Umkreis wurden bereits vor fast 100 Jahren zwei Planeten, Kapteyn b und Kapteyn c - ein lebensfreundlicher mit Wasser entdeckt. Ja, und der Name Kapteyn hörte sich so passend zu 'karakatykat' an.

Zufrieden erhob sich der Doktor und wandte sich dem Fenster zu. Per Knopfdruck öffnete er es und atmete die frische Luft ein, ehe er einen Blick nach unten warf. Draußen lag die Landschaft friedlich im Dunkel der Nacht. Hoch oben bildeten zahllose Lichtpunkte die ideale Projektionsfläche für menschliche Vorstellungskraft. Vermutlich hatten sich schon die Neandertaler weit von der Erde fortgewünscht, vielleicht nicht gerade 13 Lichtjahre weit fort, doch immerhin weit genug weg von den bösen Säbelzahntigern, die hinter ihnen her jagten, sinnierte Cullen. Unwillkürlich wanderten seine Gedanken wieder zu Ivy Askin. Ja, genau sie wollte er bei einem Abflug in eine schönere Welt mitreisen lassen...

7_Neuling

Maurice Adjaneff empfing Frank wie immer sehr amikal. Mit einem festen Händedruck und einem Klopfen auf die Schulter. Sein Büro bot einen herrlichen Ausblick auf den Weltraumhafen, wo das Mutterschiff mit dem sinnigen Namen Y-Mother für seinen nächsten Einsatz gewartet wurde. Seinen Arbeitsplatz bildete eine ganze Computerwand, die ihm alle möglichen Blickwinkel auf das Geschehen bot, sowohl vor seinem Fenster als auch im Orbit, wo sich neben Satelliten auch einige Urlauberschiffe der umtriebigen Firma tummelten. Ein Trip ins All - das hieß, in die Erdumlaufbahn - gehörte für die obere Schicht der Gesellschaft zu den beliebten Freizeitvergnügen.

"Tja Frank, bald geht es wieder hinaus in die Fremde", begann Adjaneff, "wie ich Sie um dieses Abenteuer beneide."

"Für mich ist es harte Arbeit."

"Ja, natürlich", pflichtete ihm Adjaneff kleinlaut bei. "Heute habe ich die Pflicht, Sie mit Ihrem neuen Kameraden bekanntzumachen."

"Jorges Nachfolger?"

"Aus einer langen Liste von fähigen Bewerbern hat er sich als der Beste erwiesen."

"Es ist jemand, den ich noch gar nicht kenne?", forschte Frank, dem diese Vorstellung sichtlich missfiel.

"Ja, haben Sie ein Problem damit?"

"Ich nicht, aber er, wenn er nicht in mein Team passt."

"Frank, seien Sie ganz beruhigt. Unsere Psychologin, Miss Lorheimer, hat ihn auf Herz, Nieren und Verstand geprüft."

"Ich dachte, Sie spannen uns mit Jason Wenthworth zusammen."

"Nein. Wenthworth ist außerdem noch immer auf dem Mond und heißt jetzt Janine - er hat sich zur Frau umoperieren lassen."

"So? Der hatte doch gar nichts Feminines an sich."

"Er hat sich eben verstellt."

"Ihre Wahl ist unumstößlich?"

"Ja, ist sie. Sie werden Ihren neuen Kameraden mögen. Er ist Ihnen und Sam Arnold durchaus ebenbürtig."

"Ich hoff's."

"Setzen wir uns", forderte er Frank auf und nahm seinen angestammten Platz auf dem bequemen Drehstuhl ein.

Widerwillig ließ sich Frank auf die Besuchercouch fallen, die wie ein Fremdkörper in dem stylischen Büro wirkte. Schon antik und durchgesessen, aus kirschrotem Plüschstoff mit wenigen bunten Kissen am Kopfende. Eine Schiebetür am anderen Ende des Raumes öffnete sich und ein Mann Anfang zwanzig kam herein.

"Das ist Kit Barret", stellte ihn Adjaneff vor.

"Es ist mir eine Ehre", versicherte Kit, der dieselbe schmucke Space-Uniform - weinrot mit schwarzen Biesen - wie Frank trug und diesem auch körperlich glich, bis auf die hellere Haarfarbe und etwas weichere Gesichtszüge. "Lass dir die Pranke schütteln, Kollege, hab schon viel von dir gehört. Und immer nur Gutes!"

Todernst ergriff Frank Kits ausgestreckte Hand, ohne sich von seinem Platz auf der Couch zu erheben. "Hallo."

"Freut mich immer wieder, wenn jemand nur das Allernötigste kommuniziert", witzelte Kit über das knappe Hallo.

"Sam wird auch gleich kommen", kündigte Adjaneff an.

"Ach, wir fangen einfach schon ohne ihn an", scherzte Kit.

"Wie lange bist du schon bei uns?", fragte Frank und musterte ihn genauer.

"365mal hat sich Mutter Erde seit meinem Eintritt in euren Verein schon gedreht und mir wurde seither so schwindlig, als wär's zehnmal mehr gewesen."

Ohne auch nur den Mund zu verziehen, wandte sich Frank an Adjaneff: "Er ist erst seit *einem* Jahr bei uns?"

"Vorher war er in Europa bei der ESA. Frank, lassen Sie sich nicht von seiner jugendlichen Ausstrahlung blenden. Er ist ein alter Hase, hat schon als Elfjähriger seine erste Erdumrundung absolviert."

"Yeah", machte Kit und grinste breit. "In der alten Welt kann man auch was Neues lernen."

"Und wie oft warst du schon am Mond?"

"Bisher zweimal. Immer auf ein Jahr beschränkt, obwohl es an mir nicht gelegen hat. Ich wäre immer noch dort oben, hätte man mich nicht zurückbeordert. Dann wechselte ich zu euch, mit dem Segen der ESA."

In diesem Augenblick traf Sam Arnold ein, der beim Anblick von Kit sofort über das ganze Gesicht strahlte: "He Kit! Was machst *du* denn hier?"

"Er sei, gewährt ihm die Bitte, in eurem Bunde der Dritte", zitierte Maurice Adjaneff eine Zeile aus einer bekannten Ballade.

"Ach, ER ist es. Aber ist er nicht ein wenig zu jung, für-"

Kit unterbrach Sam sofort: "Wie heißt's so schön, man kann nie zu jung, zu dünn und zu reich sein."

"Witzbold!" Sam schielte zu Frank, als wollte er seine Erlaubnis für Kits Nominierung.

"Kann's kaum erwarten, bis es endlich losgeht, mir brennt der Boden hier auch schon unter den Füßen." In freudiger Erwartung rieb sich Kit die Hände und erzeugte so etwas Wärme von dem unsichtbaren Feuer, das in ihm für das kommende Abenteuer loderte.

Frank fühlte eine beginnende Aversion gegen den Neuen, der sich so schnell bei allen beliebt machen konnte.

"Nur langsam, meine Freunde", mischte sich Adjaneff ein. "Zuerst gibt es noch eine Menge Papierkram am Computer zu erledigen."

"Was sollen wir tun?", fragte Kit. "Trojanischen Pferden die Hufe pflegen? Wir sind Astronauten und keine Sesselfurzer!"

Diese Bemerkung entlockte sogar dem gerade grimmigen Frank ein leichtes Schmunzeln, der für Bürohengste nichts übrig hatte. Gegenüber Adjaneff hielt er sich zwar zurück, hegte jedoch ebenfalls eine sich steigernde Abneigung gegen ihn.

"Ich würde auch gern auf die ganzen schriftlichen Tests verzichten, aber Vorschriften sind nicht zum Ignorieren da", verteidigte sich dieser. "Immerhin braucht ihr nur auf die Schriftstücke vor eurer Nase zu tippen, das ist doch nicht zu viel verlangt."

Vor jedem der einträchtig nebeneinander auf der Couch sitzenden Raumfahrern tauchte ein digitales Formular auf, das alle drei wie verlangt per Fingertippen ausfüllten.

8_Treffpunkt

Der Doktor hatte schon öfters Drohnen-Golf gespielt. Bisher noch nie mit Mr. Morton, auf dessen Einladung er auf den smaragdgrünen Course gekommen war. Mit wem hatte er sich da eingelassen, fragte er sich, als ihn der hagere Mann in dem anthrazitgrauen Anzug begrüßte. Dieser trug zwar keine asiatischen Gesichtszüge, doch das hatte nichts zu besagen. Schon vor 90 Jahren ließen sich viele Chinesen die mandelförmigen Augen auf europäische umoperieren, um dem westlichen Schönheitsideal zu entsprechen und dort unauffälliger Industriespionage betreiben zu können. Morton hielt schon die Hightech-Armbrust schussbereit, während Cullen noch den Aluminiumbolzen einlegen musste. Der elektronische Golf-Caddy fuhr seinen Wurfarm aus, mit dem er die Drohne in die Höhe schleuderte. In 100 Metern stabilisierte sie sich mit ihren neun Propellern, welche mit dem Geräusch eines aufgeregten Bienenschwarms surrten.

"Ihnen als mein Gast gebührt der erste Schuss, Dr. Cullen!", lächelte Morton.

"Wohlan denn, möge der Bessere gewinnen", sagte der Doktor, zielte und traf einen der Propeller.

"Guter Schuss", lobte ihn Morton mit seiner hohen Stimme.

Gemeinsam schlenderten sie in die Richtung, in welche die Drohne flog, begleitet von dem Caddy, dessen Räder kein Geräusch auf dem Belag verursachte. Die Anlage erstreckte sich über mehrere Hektar und bot die künstliche Nachbildung der Infrastruktur eines antiken Golfplatzes, von dem man wegen des hohen Wasserverbrauchs für den echten Rasen abgekommen war. Einige andere Spieler befanden sich noch in der Nähe, doch weder Cullen noch Morton schenkten ihnen Beachtung. Außer der nötigen Konzentration für das knifflige Spiel hatten sie noch einiges Geschäftliches zu besprechen.

"Wie läuft es bei Ihnen so?", wollte Morton wissen, zielte auf die über ihm schwebende Drohne und lächelte milde.

"Ganz gut, ich bin ein Stück weitergekommen."

"Nur ein Stück?" Morton drückte ab und freute sich über einen glatten Twin.

Der Golf-Caddy jubelte: "Gratulation! Zwei Propeller mit nur *einem* Schuss getroffen!"

Die Drohne schlingerte eine Weile in der Luft herum und schwirrte dann mit nur noch sechs Propellern weiter.

"Gratuliere", schloss sich Cullen dem Caddy an. "Ein Stück ist besser als Stillstand, schließlich sind die Fronten verhärtet, wenn ich es so nennen darf."

"Aus gutem Grund!" Morton lächelte immer noch, schritt flugs voran und räusperte sich.

"Wir können offen sprechen", bot ihm der Doktor an. "Der Caddy ist außer Hörweite auf der Jagd nach unsrem Ziel."

"Nun, was können Sie mir erzählen, Doktor?"

"Der Zielplanet befindet sich in 13 Lichtjahren Entfernung zu uns."

"Das ist nichts Neues."

Cullen stutzte, denn er hatte zwar mit seiner Vermutung richtig gelegen, doch sein Spielpartner schien darüber längst im Bilde zu sein. Beide schlenderten weiter, ihre Armbrüste salopp geschultert.

"Dann wissen Sie auch, dass es sich um Kapteyn c handelt?", riet Cullen.

"Kapteyn d", korrigierte Morton. "Wollen Sie mich prüfen?"

Aha, erkannte der Doktor, man hat einen weiteren Planet dort entdeckt. "Nein, aber meine Quelle scheint sich geirrt zu haben."

"Ja, Ihre Information ist zuverlässig, Doktor, aber Ihre Quelle eher nicht."

Der Doktor wollte etwas sagen, doch sie hatten inzwischen den Caddy erreicht, der unter der Drohne auf den nächsten Schuss wartete.

"Ich versuche nun ebenfalls einen Twin", kündigte Cullen an, schoss und traf nur einen Propeller.

"Ankündigung nicht ausgeführt", rügte der Caddy und rollte der mit noch fünf Propellern fliehenden Drohne hinterher.

"Haben Sie meine Quelle schon erfolglos angezapft?", fragte Cullen und beobachtete Morton, dessen Lächeln sich wie festgetackert im Gesicht zeigte.

"Nein, ich kenne die schöne Ivy nur aus der Ferne."

"Ach..." Cullen überlegte, was er damit andeuten wollte.

"Ich will Sie nicht im Unklaren lassen, Doktor, aber der Balkon ist wirklich nicht nur ein Aussichtspunkt, sondern eine ideale Augenweide."

"Und Sie haben von einem Ihrer Satelliten aus einfach runtergespäht?"

"Sie denken zu kompliziert, Doktor, das kann auch ein Fehler sein", kritisierte Morton, der sich die Armbrust locker über die andere Schulter geworfen hatte.

"Das heißt, Sie haben ein Apartment in dem Hochhaus genau gegenüber."

"Treffer!", lobte Morton und verbreiterte sein Lächeln, wobei seine kleinen Mausezähne kurz sichtbar wurden. "Und was ich da sah, erstaunte mich. Ich sah SIE und in Ihren

Armen lag die von Ihnen hypnotisierte Schöne. Welch rarer Anblick."

Dem Doktor gelang es nicht, sein sich rötendes Gesicht zu verbergen, was Morton wiederum nicht verborgen blieb.

"Oh, es scheint Ihnen peinlich zu sein, nicht wahr?"

"Wem nicht?" Immerhin lässt deine Vermutung einer Hypnose meinerseits den Schluss zu, dachte sich Cullen, dass du keine Video-Wanze in der Wohnung installieren konntest, du eingebildetes Strichmännchen.

"Nun versuche ich den Double-Twin. Kündige erneuten Twin an!" Morton zielte sorgfältig, schoss und brauchte wieder nur einen Schuss für zwei Propeller.

"Gelungen!", jubelte der Caddy. "Das ist die klare Führung, uneinholbar. GRATULATION!"

Erbost warf der Doktor seine Armbrust auf den grünen Belag und offenbarte sich damit als einen schlechten Verlierer. "Gratuliere, Mr. Morton."

"Wollen Sie die Runde nicht beenden, Doktor?"

"Nein, aussichtslose Kämpfe erachte ich als reine Zeitverschwendung."

Mit einem Tritt gegen das Display des Caddys schaltete Morton diesen aus. "Seien Sie mir nicht gram, dass ich außer Ihnen noch weitere Informanten gewinnen will, wenn auch ohne deren Wissen."

"Ich denke, Ivy weiß nicht viel über die Arbeit Ihres Mannes."

"Immerhin trifft sie dessen Vorgesetzten."

"Ja, ein Treffen konnte ich jedenfalls verhindern."

"Ich weiß!"

"Und was wissen Sie noch nicht, Mr. Morton?"

"Was die Fremdsprache bedeutet, die Frank im Schlaf benutzt."

"Die Übersetzungsprogramme sind sich über die Texte uneins", gab Cullen zu. "Sogar einen Brieftext meinte eins darin erkannt zu haben."

"Darf ich ihn hören?"

"Halte meinen Boten nicht zurück, eilends möge er kommen", improvisierte Cullen, um seine geschäftige Aktivität in der Sache zu demonstrieren. "Der Chor der Herrscher erwartet ihn zur rechten Zeit am rechten Ort."

"Wie kryptisch", bemerkte Morton und stützte sich mit beiden Händen auf die in den Belag gerammte Armbrust.

"Ja, man kann alles Mögliche hineininterpretieren." Cullen wischte sich mit dem Handrücken den Schweiß von der Stirn.

"Ich würde hineininterpretieren, dass die Herrscher den Boten wieder auf Kapteyn d, wo sie offenbar residieren, zu empfangen gedenken."

"Das würde bedeuten, dass diese ominösen Herrscher einen Boten in Frank implantiert haben."

"Oder in seinen Kollegen", ergänzte Morton.

"Sein Kollege Sam ist leider kein Patient von mir. Daher weiß ich nicht, ob er auch im Schlaf in einer Fremdsprache von seinen Erlebnissen daherredet."

"Soviel ich weiß, leidet er auch nicht unter PTSD."

"Oder er weiß die Symptome gekonnt zu verbergen", folgerte Cullen. "Schließlich gehört zu einem echten Astronautentraining auch die Steigerung mentaler Fähigkeiten."

"Wie auch immer. Für die Summe, die ich Ihnen bereits zukommen ließ, erwarte ich mir wesentlich mehr an brauchbaren Auskünften. Warum sandten Sie mir zum Beispiel die Texte nicht auf dem sicheren Kanal?"

"Ich hielt das für zu riskant. Auf Verletzung der ärztlichen Schweigepflicht stehen etliche Jahre!"

"Holen Sie es nach! Und finden Sie mehr heraus! Bis zu unserer nächsten Spielrunde, Doktor."

Mit einem verächtlichen Ausdruck sah Cullen dem Abgang seines Spielpartners zu.

9_Eheleben

Auf dem Balkon nahmen die Askins schweigend ihr Frühstück ein. Obwohl die Sonne noch tief stand, zeigte sich die

Temperatur schon sommerlich und trotz der Höhe auf der 39. Etage beinahe windstill. Das Orange des Himmels wetteiferte in der Farbintensität mit den Blumen am Balkongeländer. Frank saß in seiner Unterhose an dem kleinen runden, hübsch gedeckten Tisch und schlang seine Muffins gierig in sich hinein, kritisch von seiner Frau betrachtet. Ihre Blicke fielen ihm auf, er schluckte den letzten Bissen hinunter und bemühte sich um ein Gespräch.

"Schönes Wetter heute."

Verwundert ließ sie die Brauen hochschnellen: "Ja, das dachte ich mir auch gerade."

"Wie war dein Tag gestern?"

Ihre Verwunderung steigerte sich noch: "Das interessiert dich?"

"Natürlich", log er, "auch, wenn ich sonst nicht danach frage."

"Nachdem du zum Training musstest, habe ich noch einige Entwürfe gezeichnet und versendet", verkündete sie, stellte ihre Kaffeetasse ab und nestelte an dem tiefen Ausschnitt ihres hellblauen Nachthemdchens herum.

"Hast du ein Angebot dafür bekommen?"

"Nein, ich versuche es auf gut Glück", gab sie zu und senkte genervt die Augenlider.

"Hast du noch Kontakt zu deiner Ex-Frau?"

"Nein, ich habe sie nur wegen der Kinder kontaktiert, damals meine ich, als mir der kleine Ausrutscher passierte." Er klang zerknirscht und spülte sein Schuldgefühl mit einem Glas Fruchtsaft hinunter. "Und womit hast du dir nach deiner Arbeit die Zeit vertrieben?"

"Danach hab ich die Blumen eingepflanzt, sieht doch gleich viel einladender aus."

"Ja, sehr schön", pflichtete er ihr schnell bei, mit einem Seitenblick zum Balkongeländer.

"Und dann lud mich Mr. Adjaneff zusammen mit seiner Verlobten zum Drohnen-Golf ein."

"Wie nett von ihm."

"Ja, seine Verlobte ist auch nett. Sandrine heißt sie."

"Kenne ich nicht."

"Eine rassige, mongolischstämmige junge Dame, und rate, wen ich dort am Golf-Course noch gesehen habe."

Franks Schultern zuckten automatisch. "Keine Ahnung ... einen unserer Nachbarn?"

"Nein, deinen Doktor."

Ein Schmunzeln entkam ihm. "Ist das nicht komisch? Wir leben in einer Acht-Millionen-Stadt und treffen zufällig jemand, den wir kennen."

"Verrätst du ihm, was auf deiner Reise so alles passiert ist, Frank?"

"NEIN", erwiderte er etwas lauter als beabsichtigt. "Unterliegt alles strengster Geheimhaltung."

"Wann geht es denn wieder los? Oder darfst du mir das auch nicht sagen?" Diesmal zog sie nur eine Braue hoch und die Mundwinkel der karminrot geschminkten Lippen.

"Demnächst, ich kenne den genauen Termin noch nicht, nur meinen neuen Kollegen."

"Oh, das ist erfreulich, einen neuen Kollegen im Team als Freund gewinnen zu können."

"Ich kann mir nicht vorstellen, dass der Kerl mein Freund wird", stellte er in abfälligem Ton fest.

"Aber warum denn nicht? Ist er so widerlich?"

"Nein, mir kommt er eher wie ein Spaßvogel vor."

"Hihihii", kicherte sie auf einmal los. "Das ist genau der richtige Mann für dich!"

"Warum sagst du sowas, Ivy?"

"Weil du so humorlos bist, Frank!"

"Soll ich dich zum Lachen bringen?"

"Ja, versuch es mal!", forderte sie ihn heraus.

"Also ... ich kannte mal einen Mann, der erklärte mir, es sei nur seine angeborene Vorsicht, die ihn immer dazu veranlasst, sich bei jedem Ausgang aus seinem Haus einen fünf Seiten langen Plan zu entwerfen und nicht seine Paranoia."

"HAHAHA! Der war gut", lachte sie prustend los.

Es gefiel ihm, sie so ausgelassen zu sehen.

"Und was hat dein neuer Kollege an Witzen losgelassen?", wollte sie nun wissen.

"Es waren keine Witze, es war sein krampfhaft auf lustig getrimmtes Gerede."

"Was hat er denn gesagt?"

"Dass er nicht als Sesselfurzer Trojanische Pferde zähmen will und so 'nen Blödsinn."

"Ich finde, so jemand bringt frischen Schwung in eingefahrene Bahnen."

"Für die Arbeit im All ist Routine sehr wichtig, Ivy."

"Das weiß ich schon, aber er kann doch auch seine Routine mit einigen witzigen Bemerkungen dabei erledigen, oder nicht?"

"Jorge war mir lieber."

"Ja, es ist verständlich, dass du noch immer um ihn trauerst, aber das Leben geht weiter, Frank."

"Schon klar." Mit beiden Händen wischte er sich über das Gesicht, so als könne er damit all die negativen Gedanken an die Vergangenheit wegwischen.

"Kein Mensch ist frei von Fehlern."

"Was meinst du damit?"

Sie biss sich kurz auf die Unterlippe, denn er konnte ziemlich empfindlich sein. "Ich meine, dass Jorge womöglich einen Fehler gemacht hat, wegen dem er nun tot ist. Ich war wirklich froh, dass du lebend zurückkamst."

"Es war ein Unfall", präzisierte er, denn er hatte nichts von dem erzählt, was auf dem Planeten vorgefallen war.

"Na bitte, es hätte Jorge also auch auf einem Flug von seiner Wohnung zum Raumhafen treffen können."

"Ja, sicher."

Eine Weile des Schweigens entstand, ehe er sich entschied, das Thema zu wechseln: "Du siehst heute wieder wunderhübsch aus."

Anmutig stieß sie sich aus ihrem Korbstuhl ab, machte zwei Schritte auf ihn zu, setzte sich auf seinen Schoß und umarmte ihn.

"Nanu", wunderte er sich nun, da sie ihm selten spontan so nahe kam, schon gar nicht beim Frühstück, "hab' ich heute schon Geburtstag?"

"Frank, ich bin dir dankbar für das schöne Leben, das du mir bietest", hauchte sie ihm ins Ohr.

"Baby, für dich würd' ich alles tun", flüsterte er zurück.

"Ich weiß, du darfst mir nichts sagen, aber ich will wissen, ob es auf dem Planeten Leben gibt."

Plötzlich verstand er: Die machte sich nur an ihn heran, um ihre Neugier stillen zu können. Ins Ohr geflüsterte Gespräche konnten nicht abgehört werden. Ihr Haar duftete so verführerisch nach frischen Rosen.

"Ja, ich hab' einen von denen gesehen", wisperte er, seine Lippen wanderten von ihrem Ohr an ihrem Hals herunter und wieder hinauf.

"Wie sehen sie aus?"

Leise, ganz leise begann er zu erzählen...

10_Sprachwissenschaft

Doktor Cullen überquerte mit seinem Flugvehikel den Atlantik, der wie ein dunkelblauer Teppich unter ihm lag. Seine teure Flugmaschine in Form einer E-Lok hatte einen Glasboden, welcher ihm noch bessere Ausblicke auf die Gegend bot, die er gerade überflog. Um sich die Zeit zu vertreiben, hörte er sich auf einem der beiden Monitore in seinem Cockpit die Nachrichten an. Eine animierte Katze las gerade vor, was in den letzten Stunden passiert war. Die Gestalt der Sprecher wechselte stets, diesmal hatte sich der Sender für eine getigerte Hauskatze entschieden, weil damit die Seher auch während der übelsten Meldungen bei Laune gehalten werden konnten.

"Miez, leider müssen wir vom unerwarteten Ableben Professor Aldrin Quebex berichten, einem altgedienten Mitarbeiter der Firma NSTA. Er starb friedlich im Schlaf in seinem 89. Lebensjahr."

Na sieh mal einer an, amüsierte sich der Doktor über diese Neuigkeit, wenn das nur nicht einer der Informanten von Morton war.

"Maunz, Professor Quebex war zuletzt mit einer Verbesserung der Satelliten beschäftigt, die bei der Eroberung neuer Planeten zum Einsatz kommen."

Diese Bestätigung seiner Vermutung machte den Doktor nun absolut sicher, dass sich der alte Herr mit einigen Infos an Morton seinen Lebensabend verschönert hatte.

Na immerhin, dachte er nun etwas mitleidig, hat dieser Professor mit 89 ein gesegnetes Alter erreicht und etwas von dem Geld, das Morton ihm zukommen ließ, genießen können. Hm, an wen er sich bei der NSTA wohl jetzt heranmacht, um zu Informationen zu kommen?

Nach einer knappen Stunde erreichte er sein Ziel, einen modernen Gebäudekomplex in der Bretagne, auf dessen Dach er seine flugtaugliche E-Lok landen konnte. Sie bot beim Ausstieg die Bequemlichkeit einer kleinen Rolltreppe. Mit dem Lift fuhr er in das Untergeschoß, wo ihn eine KI in Gestalt eines kleinen Mädchens in Schuluniform empfing.

"Willkommen, Doktor Cullen! Madam Meyer-Schallmei erwartet Sie bereits. Darf ich zuvor kontrollieren, ob Sie bewaffnet sind?"

"Selbstverständlich", stimmte der Doktor zu.

Aus der Schultasche auf ihrem Rücken entnahm das kleine Mädchen mit einem sich nach hinten verrenkenden Arm flugs einen Stab, den sie am Körper des Doktors entlangführte.

"Unbewaffnet", verkündete der Stab.

"Zimmer 004", verriet nun die entzückend verkleidete KI.

"Danke, mein Kind!", scherzte der Doktor und machte sich den Gang entlang auf den Weg zu dem Büro, in welchem die charmante Dame Meyer-Schallmei schon seiner Ankunft harrte.

"Herzlich willkommen, Doktor Cullen", sagte sie mit leichtem französischen Akzent. "Schön, Sie hier persönlich zu sehen."

"Ja, so einen kleinen Ausflug über den großen Teich finde ich auch immer schön."

Madam Meyer-Schallmei saß in einem Retro-Sessel aus dem Jahr 1963, einem sogenannten Ball-Chair in Weiß mit rotem Sitz darin. Ihr fensterloses Büro zeigte sich mit dem dunklen Edelholz Palisander verbaut, welches von einer formschönen Lichtinstallation sehr weich beleuchtet wurde.

"Nehmen Sie doch bitte Platz und bringen mir Ihren Wunsch zu Gehör", forderte ihn die brünette Dame auf, zeigte ihr gegenüber auf einen weißen Lederfauteuil und verschränkte ihre Arme.

"Es ist eine sehr spezielle Angelegenheit",
verriet der Doktor, ließ sich auf den Fauteuil
fallen, der ein leichtes SCHT-Geräusch von
sich gab, und zückte ein kleines Diktafon,
ebenfalls ganz im Retro-Stil gehalten.

"Sie können auf meine unbedingte
Diskretion zählen, Doktor", versprach sie.

"Ja, Sie werden etwas hören, das ein
Patient von mir von sich gab, mit dem ich
allerdings nicht viel anfangen konnte", gab er
zu und drückte das Abspielknöpfchen.

"Schorum, karakatykat maha omnupatrex."

Madam Meyer-Schallmei legte die Hände
auf ihre Oberschenkel, die keck unter ihrem
zitronengelben Minirock hervorlugten.

"Hm-hm", machte sie und fuhr sich
verlegen mit einer Hand an den Kragen ihrer
farblich zum Rock passenden Seidenbluse.
"Kann ich es nochmal hören?"

"Schorum, karakatykat maha omnupatrex."

"Ehrlich gesagt kann ich auch nicht viel
damit anfangen", eröffnete sie ihm.

"Aber Sie als Sprachwissenschaftlerin
können mir doch sicher irgendetwas über
diese Sprache sagen."

"Ich maße mir nicht gleich die
Deutungshoheit über jede Sprache an, doch
bin ich mir absolut sicher, dass ich diese hier
noch nie zuvor gehört habe. Spielen Sie sie
bitte nochmals ab!"

"Schorum, karakatykat maha omnupatrex."

Mit sichtbarer Konzentration in den wohl schon operierten Gesichtszügen lauschte sie und erklärte ihm dann nach einer Pause von zwei Minuten: "Diese Sprache, wenn man das überhaupt als solche bezeichnen kann, besteht aus Versatzstücken von Latein und äh-, ich würde sagen Japanisch. Kann es sein, dass sie der Fantasie Ihres Patienten entsprungen ist?"

"Nun ja", druckste der Doktor etwas herum. "Er hat sie im Traum von sich gegeben."

"Ach so. Dann scheint mir das, was ich zwischen den Worten höre, auch wichtig zu sein."

"Sie hören etwas zwischen den Worten?", wunderte sich Cullen.

"Ja, leise Schnarrlaute."

"Schnarrlaute?", wiederholte der Doktor verständnislos.

"Leise Schnarrlaute, wie sie Kerbtiere von sich geben, wenn man sie aufscheucht."

"Kerbtiere - meinen Sie Insekten?"

"Insekten, Käfer, was so kreucht und fleucht", präzisierte sie. "Ich widmete mich eine Zeit lang der Kommunikation von Kerbtieren, die ja ähnlich sozial wie wir Menschen sind."

"Faszinierend."

"Oh ja, es gab bei uns in", sie schien zu überlegen, um nichts Falsches zu sagen, "im

Département Dordogne eine Firma, die menschliche DNA mit jener von Kerbtieren mixte, um einen dienstbaren Mutanten zu erzeugen, der weniger reparaturanfällig als Roboter sein sollte."

"Davon habe ich noch nie zuvor gehört."

"Es war auch ein Geheimprojekt. Ich kann darüber sprechen, da es schon vor Jahren aufgegeben wurde."

"Aha, die Mutanten verweigerten wahrscheinlich ihre Dienste", vermutete Cullen und grinste hämisch.

"Darüber darf ich nun nicht sprechen", winkte sie ab, wobei sich ihre Züge verhärteten.

Aus ihrer Mimik konnte Dr. Cullen, der ein passionierter Menschenkenner war, jedoch entnehmen, dass das Projekt mit an Sicherheit grenzender Wahrscheinlichkeit einen üblen Ausgang genommen haben musste.

"Und diese Mutanten kommunizierten miteinander?", forschte er mit steigendem Interesse.

"Und wie!", antwortete sie spontan. "Ich wurde damals zurate gezogen. Sie schnarrten leise, zirpten auch ähnlich wie Grillen und manchmal summten sie wie Bienen, allerdings ohne fliegen zu können."

"Hochinteressant. Wenn ich mehr Zeit hätte, würde ich mich tiefer in diese Materie wagen. Aber zurück zu den Schnarrlauten, die Sie bei meinem Patienten wahrnehmen konnten, Madam."

"Also ich meine, Ihr Patient imitiert eine Sprache höher entwickelter Mutanten mit einem hohen Anteil an Kerbtier-DNA."

"Ja, das kann gut möglich sein", stimmte ihr der Doktor zu und überlegte dabei: Wenn der Planet Kapteyn d tatsächlich bewohnt ist, handelt es sich bei seiner Population also um höher entwickelte Insekten.

"Leider kann ich den Schnarrlauten keine Bedeutung entnehmen. Außer einer leichten Erregung, welche allerdings auch von Ihrem Patienten stammen könnte, wenn er auf solche Mutanten getroffen ist."

"Ja, natürlich", wurde dem Doktor schlagartig klar und er stellte sich Frank Askin vor, wie dieser hilflos die Tötung seines Kameraden durch hoch entwickelte Kerbtiere mitansehen musste, wobei ihn leichter Schauder ergriff.

"Doktor? Geht es Ihnen nicht gut?", erkundigte sich die feine Dame besorgt. "Soll ich Ihnen einen Cognac bringen lassen?"

"Was? Äh- nein, vielen Dank, ich habe nur kurz nachgedacht. Tja...", sagte er, erhob sich und reichte ihr die Hand zum Abschied. "Dann werde ich wieder abfliegen. Danke für Ihre Zeit, die ich Ihnen natürlich entsprechend honoriere."

"Besuchen Sie mich doch wieder, wenn Sie mehr Zeit haben, Doktor Cullen, die Bretagne ist noch genauso urwüchsig wie vor über 100 Jahren", schwärmte sie ihm vor.

"Davon konnte ich mich schon bei meinem Anflug überzeugen. Die Schauwerte realer Landschaften zu bestaunen, ist im Vergleich zu den üblichen virtuellen Kunstschauplätzen eine wahre Wohltat! Leben Sie wohl, Madam!"

11_Märchen

Insgeheim freute sich Frank schon auf seinen Einsatz, denn dann würde er so beschäftigt sein, dass ihm für Depressionen keine Zeit mehr blieb. Und auch für Besuche bei Cullen nicht mehr. Nach den üblichen Routinefragen über seine Befindlichkeit, wollte der Doktor auf einmal etwas erforschen, was er eigentlich wissen müsste.

"Sagen Sie einmal, Frank, erzählen Sie Ihrer Frau etwas über Ihre Einsätze?"

"NEIN!", rief er empört aus.

"Ich verdächtige Sie ja nicht des Geheimnisverrats, Frank, aber die Damenwelt hat da ihre speziellen Methoden, um aus uns alles Mögliche herauszukitzeln."

"Sie meinen, ich erzähle ihr vor dem Sex etwas?"

"Ja, oder beim Sex oder danach. Das kam schon öfters vor, dass Geheimnisträger-"

Frank unterbrach ihn: "Beim Sex stöhne ich nur, wenn Sie das beruhigt. Und danach schlafe ich ein!"

"Es gibt ja eheliche Geheimnisse", erklärte ihm Cullen geduldig. "Und wenn man mit einer vertrauenswürdigen Person verheiratet ist, findet man gar nichts dabei, sie über einiges aus dem Beruf zu informieren."

"Von mir kriegt keiner geheime Infos!"

"Das lobe ich mir, allerdings bin ich doch Ihr Arzt, eine absolute Vertrauensperson."

"Kennen Sie Wittgenstein, Doktor?" Ein Schmunzeln umspielte seinen Mund.

"Aber natürlich kenne ich diesen Philosophen, warum fragen Sie, Frank?"

"Worüber man nicht sprechen kann, darüber soll man schweigen", zitierte er und das Schmunzeln wich einem Grinsen.

"Nun, es ist doch nicht alles geheim. Wann Sie abfliegen, zum Beispiel, oder mit wem Sie fliegen."

"Ich hab ihr von meinem neuen Kollegen berichtet", gab Frank freimütig zu. "Der Kerl passt mir nicht, weil er immer alles ins Lächerliche zieht."

"Das kann manche Situationen entspannen."

"So, meinen Sie?"

"Aber sicher. Und Ihre Frau hat Ihnen noch nie Fragen gestellt, die Sie ihr nicht beantworten durften?"

"Doch, hat sie!", zischte er enerviert.

"Und Sie haben sie brüsk zurückgewiesen", folgerte Cullen lächelnd.

"Nein."

"Nicht?"

"Nein, ich hab' ihr einfach ein Märchen erzählt."

"Ein Märchen? Wie außerordentlich amüsant." Cullen massierte sich sein Kinn.

"Ja, Sie sagten doch auch, ich solle mehr mit ihr reden."

"Ich sagte allerdings nicht, dass Sie ihr ein Märchen erzählen sollen. Womöglich ein Gruselmärchen?", forschte der Doktor, der nun hoffte, sein Patient werde ihm etwas eröffnen, das er streng verschweigen musste.

"Wie kommen Sie auf Gruselmärchen?"

"Ach, das war nur so eine Idee von mir ... Darf ich es auch hören, Frank?"

"Von mir aus. Ich erzählte ihr, dass ich einen von denen gesehen hab'." Grinsend wie ein unartiges Kind, das sich freut, nicht bei der Übeltat erwischt worden zu sein, lehnte er sich in seinem Sessel zurück.

"Einen Einwohner des geheimen Planeten?"

"Jep!"

"Sicher hat sie nach dessen Aussehen gefragt", mutmaßte Cullen hoffnungsfroh.

"Na klar."

"Hm. Würde es Ihnen etwas ausmachen, mir diese märchenhafte Story, die Sie Ivy präsentiert haben, ebenfalls zu erzählen?"

"Ich erzählte ihr, ich sah einen über zwei Meter großen Einheimischen. Sein Kopf war kleiner als unsere Köpfe, oder er trug einen engen Helm. Sein Anzug war ein Mix aus Technik und Ritterrüstung. Er bewegte sich viel schneller als wir und er konnte einfach in das Gestein eintauchen. Das muss wohl an dem Anzug liegen."

"Hat sie denn nicht gefragt, warum ein Einheimischer überhaupt einen Anzug mit Helm auf seinem eigenen Heimatplaneten trägt?"

"Nein, hat sie nicht. Wenn sie's getan hätte, wäre die CO_2-haltige Atmosphäre die ideale Ausrede dafür gewesen."

"Hm. Und das haben Sie alles aus dem Stegreif erfunden?", zweifelte Cullen.

"Ja! Hat richtig Spaß gemacht. Sie hätten ihre Augen sehen sollen, die wurden ganz groß. Richtige Kulleraugen!"

"Hm."

"Was sehen Sie mich so zweifelnd an?"

"Darf ich ganz ehrlich sein, Frank? Ich glaube nicht, dass Sie diese Geschichte einfach erfunden haben."

"Wieso nicht?" Die beiden Worte hörten sich beleidigt an.

"Nehmen Sie es mir bitte nicht übel, Frank, aber solche Leute wie Sie, die einen technischen Beruf und eine große Affinität zu Zahlen haben, verfügen über keine so blühende Fantasie", explizierte er ihm.

"Da bin ich wohl die große Ausnahme", raunte Frank ziemlich trotzig.

"Kaum. Ich kannte mal einen Raumfahrer, der die Zahl Pi auf 1.000 Kommastellen im Kopf errechnen, aber keine plausible Ausrede für sein Zuspätkommen erfinden konnte."

"Meinen Sie, ich hab' das alles nur geträumt?"

"Bisher erzählten Sie mir, Sie können sich an Ihre Träume oft gar nicht erinnern."

"Dann glauben Sie, ich hab das Märchen irgendwo gelesen?"

"Nein, ich glaube, Sie haben unwissentlich die Wahrheit ausgeplaudert", gestand ihm Cullen.

"Wie soll das gehen?" Nun waren es seine eigenen Augen, die groß wurden.

"Sie haben aus Ihrem Unterbewusstsein einfach drauflos geplaudert. Dabei ist das herausgekommen, was man Ihnen auf dem Planeten oder vielleicht erst beim Debriefing nach der Heimkehr daraus zu löschen versucht hat."

Franks Gesichtszüge versteinerten. "Das kann nicht möglich sein."

"Wie heißt es so schön: Die Seele ist ein weites Land. Darin gibt es viele weiße und auch schwarze Flecken."

"Das hat mit Seele weniger zu tun als mit meinem Gehirn", protestierte er nun und beugte sich nach vorne. "Sie glauben, jemand - einer von denen oder einer von uns - hat in meinem Gehirn herumgepfuscht?"

"Frank, beruhigen Sie sich", versuchte ihn Cullen zu beschwichtigen, stand auf und ging langsam zum Fenster. "Es würde auch erklären, warum Sie im Schlaf sprechen. Oder aber ein Schock hat eine Verdrängung bewirkt. Dann werden Sie bei Ihrer Rückkehr an den Ort des Geschehens wieder vollen Zugriff auf all Ihre Gedächtnisspeicher erlangen."

Hunderte von unzusammenhängenden Gedanken durchströmten Frank Askins Gehirn auf der Suche nach irgendeinem Anknüpfungspunkt. Cullen holte aus dem Schränkchen unter dem Fenster eine Flasche Cognac aus Frankreich und zwei Gläser heraus, die er mit der goldenen Flüssigkeit füllte, ehe er damit wieder an seinen Schreibtisch zurückkehrte.

"Trinken Sie einen Schluck, Frank!"

Zögernd kam der verwirrte Patient dieser Aufforderung nach, stürzte dann das wärmende Getränk in sich hinein, hoffend, es würde den Knoten in seinen Ganglien lösen.

Der Doktor gab seiner Stimme einen warmen Klang, als er beruhigend auf ihn einredete: "Ich kann mir die nun aufgewühlten Gefühle in Ihrem Inneren lebhaft vorstellen. Bedenken Sie, Frank, was schon Tolstoi wusste: Gefühle sind im Traum echter als im Wachzustand."

"Was hat denn Ihre Analyse ergeben, Doktor?"

"Welche Analyse?"

"Na, die Analyse der Aufnahme, die Ivy von meinen nächtlichen Gesprächen gemacht hat."

"Ach, das ... Also mein Übersetzungsprogramm brachte einen ganz andern Text zu Tage."

"Das kann bedeuten, dass es sich um eine neue Aufnahme handelt und sie die alte gelöscht hat", vermutete Frank.

"Oder die Übersetzungsprogramme sind sich uneinig. Auch das gab es schon. Ich kontaktierte zudem noch eine Expertin in Europa, die sich mit uralten Sprachen wie Sanskrit und Maya-Dialekten auskennt."

"Und was spricht diese Expertin über mich, respektive über meinen Traum-Text?"

"Ich habe Ihre Identität natürlich nicht preisgegeben, aber sie meinte, es handle sich um einen Mix aus Latein, Japanisch und einige unbekannte Elemente." Cullen tippte kurz auf seinen Computer ein und ein

Schriftstück entfaltete sich dreidimensional vor seinem Gesicht.

"Es gab also wieder Lücken bei der Übersetzung, hab' ich recht?", befürchtete Frank wenig Aufschlussreiches.

"Nicht direkt, die Lücken waren mit Schnarrlauten von Kerbtieren gefüllt. Hatten Sie Kontakt mit Mutanten, Frank?"

"HAHA", lachte er schallend. "Nein, was für ein Nonsense! Ich will wissen, was Ihr Übersetzungsprogramm meinen Worten für einen Sinn gab."

"Das Übersetzungsprogramm deutete ihre Worte derart: Der Chor in - hier hat er eine Lücke gelassen - freut sich auf die baldige Rückkehr von - hier ist wieder eine Lücke - in 13 Jahren, bis dahin schwächt er im gleißenden Lichte der Sonne seine Feinde."

"Und das war alles?"

"Ja, alles, was einen Sinn ergibt. Das Programm meinte, dass einige unverständliche Silben nur Wiederholungen desselben Textes sind. Und die Expertin meinte, Sie imitieren die Schnarrlaute von Insekten, wenn man sie aufscheucht."

"Da fällt mir so ein uralter Spruch ein: Wenn eine Katastrophe passiert, gibt es immer einen Experten, der sie kommen sah."

"Nun seien Sie doch nicht so negativ, Frank", kritisierte Cullen und ließ das Schriftstück verschwinden. "Freuen Sie sich, dass Ihre traumwandlerischen Wortspenden nicht größeren Anlass zur Sorge geben."

"Meine Freude hält sich in Grenzen."

"Kann China Ihre Funksprüche an die Bodenstation abgefangen haben?"

"Es gibt keine Funksprüche während des Fluges!"

"Nicht? Heißt das, Sie sind auf Ihrem Weg autonom unterwegs, ohne die Möglichkeit einer Rückfrage?"

"Würde viel zu lange dauern. Außerdem kann ich besser beurteilen, was zu tun ist, als irgendeiner von den laschen Theoretikern daheim."

"Hm", machte Cullen und überlegte sich, dass es bei der Überwindung riesiger Distanzen in kurzer Zeit wohl nicht möglich war, den Funk zu nutzen.

Frank schien in Gedanken versunken zu sein. Mit einem Zeigefinger fuhr er sich zuerst über das entblößte Gebiss, danach über die Nasenlöcher.

"Übrigens übersetzte mein Programm die 13 Jahre im gleißenden Licht der Sonne auch mit Lichtjahren. Eine enorme astronomische Entfernung, die ich unserer New Space Travel Agency nicht zugetraut hätte."

Der Blick, den ihm Frank nun zuwarf, sah aus, als fühlte er sich bei einer Straftat ertappt, was dem Doktor sagte, dass es sich wohl um die richtige Entfernung von hier zum

Planeten handeln musste. Das wollte er noch unbedingt aus seinem Patienten herausholen.

"Kann es sein, dass Sie unabsichtlich die richtige Distanz zu Ihrem Ziel nannten?"

"Kaum, wir bezeichnen die Distanzen immer mit astronomischen Einheiten", klärte er den Doktor auf.

"Diese können doch durchaus den 13 Lichtjahren entsprechen, oder sind Sie abergläubisch?"

"Haha, nein, wirklich nicht."

"Frank, ich habe mir die Sternkarte genau angesehen", beschloss der Doktor, mit offenen Karten zu spielen, "und in der genannten Entfernung befindet sich Kapteyns Stern mit zwei eingezeichneten Trabanten, Kapteyn b und Kapteyn c."

Der Blick seines Patienten wurde warnend. "Ich kenne die nähere Umgebung unserer Galaxie auswendig. Kapteyn b umkreist seinen Stern in 48 Tagen und hat die fünffache Masse der Erde - als Ziel eher fragwürdig. Und Kapteyn c hat eine Umlaufzeit von 121 Tagen, ist schwerer und zu kalt für flüssiges Wasser, scheidet also auch aus."

"Dann könnte noch ein Planet existieren, der noch nicht eingezeichnet wurde. Kapteyn d, vielleicht weil er kleiner ist und bei der Entdeckung seines Sterns übersehen wurde."

"Ich muss jetzt gehen!"

Jetzt wusste Cullen, er war auf der richtigen Spur. Sein Patient hatte im Schlaf die exakte Entfernung zu einem noch offiziell unentdeckten Planeten in einer fremden Sprache verraten, deren Sinn er im Wachzustand nicht verstand. Und er glaubte zu wissen, von wem Morton diese Information bekommen hatte. Jetzt fragte er sich nur noch, von wem sein Geldgeber weitere Informationen beziehen will...

12_Wiedersehen

"Die Methode der Gehirndurchblutung gegen Migräne half mir sehr", begann sie das Gespräch, als der Doktor in seinem neuen Anzug hereinkam.

"Die Methode - ah, Sie meinen die Zehenmassage", fiel ihm wieder ein.

"Ja, es wirkt und vor allem kann ich mich jetzt besser erinnern", behauptete sie und schritt ihm voran, wobei ihre in Locken gelegten Haare dabei aufreizend wippten.

"Ach?" Ihm wurde mulmig, denn er fürchtete, dass sie sich an das Sprüh-Attentat erinnerte.

"Ja, es war in unseren Flitterwochen, eine Episode, die ich lang vergessen hatte."

"Na, die Flitterwochen können doch noch nicht so lange her sein."

"Für mich schon", bekannte sie traurig und wies ihm per Handbewegung einen Platz auf dem Hocker der Bar im Wohnzimmer zu.

"Na, dann genießen Sie die Zeit mit Ihrem Mann, so lange er noch auf der Erde weilt", riet er ihr und hievte seinen, in dem etwas zu engen Khaki-Anzug steckenden Körper auf den Hocker hoch, "denn der nächste Einsatz kommt sicherlich."

"Jaja, Doktor, ich habe Sie aus einem bestimmten Grund zu mir gebeten", begann sie und postierte sich hinter dem Tresen aus solidem Eichenholz, wozu ihr braunes Blusenkleid hervorragend passte. "Was möchten Sie denn trinken?"

"Scotch mit Eis", orderte er und schnippte weltmännisch mit den Fingern.

Von den zahlreichen Flaschen, die kopfüber von der gut sortierten Bar herunterhingen, zapfte sie eine mit einem Whiskybecher an, ließ dann aus einem Metalleimerchen einige Eiswürfel in die helle Flüssigkeit hineinplumpsen und druckste dabei herum: "Ich weiß nicht, wie ich es sagen soll..."

"Ja? Sprechen Sie nur geradewegs von der Leber weg, Mrs. Askin. Ich bin ein sehr guter Zuhörer und werde Ihnen auch nichts berechnen." Er leckte sich in Erwartung des Drinks schon über die Lippen, ließ die Eiswürfel noch einmal im Glas klirren, ehe er einen großen Schluck nahm.

"Tja, es geht um ein rechtliches Problem. Meine Eltern starben bei einem

Zusammenstoß mit einer Raumfähre der Vereinigten Staaten. Mein Vater rät mir seitdem immer wieder, mir einen Anwalt zu nehmen. Was halten Sie davon?"

"Oh, das tut mir leid, dass Sie so einen schmerzlichen Verlust erlitten, Mrs. Askin." Kann es möglich sein, dass der Vater seinen eigenen Tod mit Verlust und Unrecht meinte, fragte er sich im Gedanken an ihre Dateien, oder steckt etwas anders dahinter?

"Mein Vater und ich hatten eine sehr enge Beziehung. Ich verlor nach seinem Ableben den Boden unter den Füßen. Daher wäre es doch nur gerecht, wenn ich von den Vereinigten Staaten auch Kompensation bekäme."

"Unbedingt", stimmte ihr Cullen sofort zu. "Ich kenne da einen Kollegen, der sich in solchen Sachen auskennt. Gern kann ich Ihnen einen Termin bei ihm vermitteln, doch ich muss Sie gleich darauf hinweisen, dass sein Honorar auch bei Misserfolg fällig wird."

"Verstehe, es wäre also besser, wenn ich schon Geld hätte, um noch mehr davon zu ernten."

"Das ist so eine Kettenreaktion, Mrs. Askin. Geld zieht Geld an, mehr Geld noch mehr Geld und ganz viel Geld lässt Ihnen gleich eine immense Macht zukommen. Sie haben doch sicher von Ihrem Vater geerbt?"

"Davon ist leider nichts mehr übrig", seufzte sie. "Und was meinen Sie, wie meine Chancen stehen, Doktor?"

"Ganz ehrlich? Einen Prozess gegen diese Übermacht hat meines Wissens noch kein normal Sterblicher gewonnen."

"Z", machte sie mit merklicher Enttäuschung. "Dann werde ich es mir noch einmal überlegen."

"Wissen Sie was, Mrs. Askin? Kommen Sie einfach einmal in meine Praxis. Ich gebe Ihnen eine Gratis-Ordination, damit Ihr Seelenwohl wieder ins Lot kommt."

"Meinen Sie, es ist aus dem Gleichgewicht geraten?"

"Als Frau eines Raumfahrers, der unter Stress steht und unter Depressionen leidet, haben Sie sicher auch einiges davon abbekommen. Man nennt das Co-Abhängigkeit. Die Gattin des Kranken will helfen, rechtfertigt aber auch dessen Verhalten oder vertuscht die Folgen. Bei einer solchen Co-Abhängigkeit richtet die Betroffene ihr ganzes Leben nach der Erkrankung des Ehepartners aus."

"Ja, das stimmt", nickte sie. "Ich nehme Ihr Angebot gerne an, Dr. Cullen."

"Und was gibt es sonst noch Neues?"

"Ach nicht viel, nur, dass mir mein Mann seinen neuen Kollegen vorgestellt hat. Ein junger Kerl namens Kit Barret, der sehr lustig ist."

"Humor ist der Knopf, der verhindert, dass uns der Kragen platzt, wie es ein alter Dichter einmal formulierte."

"Jaja, der Junge ist sehr humorvoll, er bezeichnete Sam, den Dritten im Männerbund, als notgeil. Wörtlich sagte er, dass dieser aus zehn Kilometern Entfernung eine legal zu enternde Vagina wittert. Dieser Sam verspricht jeder begattungsbereiten Dame den Himmel auf Erden, sie ihm dafür Einlass in ihren Schoß, "

Gerade als Cullen ebenfalls ein Bonmot von sich geben wollte, störte ein Telefongespräch, welches die Dame des Hauses sogleich an ihrem smarten Armreif entgegennahm: "Ja, ich komme wie verabredet. Bis bald."

"Hoffentlich keine schlechte Nachricht, Mrs. Askin."

"Nein, ich muss nur etwas für mein Leben leisten", gab sie bekannt. "Aber wir haben ja das Wichtige besprochen und sehen uns dann nächstes Mal in Ihrer Praxis. Geben Sie mir einfach den Termin per Mail bekannt!"

Etwas enttäuscht über die Kürze seines Rendezvous mit der Schönen verließ der Doktor das Hochhaus. Prompt landete eine Flugscheibe knapp vor ihm und eine junge Frau in einem orangen Latexanzug mit einem Paket sprang heraus.

"Guten Tag, Sir, Helix-Lieferdienst! Ein Paket für Sie!"

Verblüfft nahm er das kleine Paket entgegen und quittierte den Erhalt mit seinem Fingerabdruck. Neugierig öffnete er es nach dem Abflug der Botin schon auf der Straße, auf welcher sich ohnehin kaum Passanten befanden. Die wenigen Spaziergänger hatten smarte Brillen auf, von denen sie sich mit Video-Chats aus dem Social Freundeskreis berieseln ließen.

Das Paket beinhaltete eine auf altmodischem Bütten-Papier verfasste Nachricht:

EINLADUNG in den virtuellen Begegnungsraum

HEUTE um 18.20 Uhr

M

lern adress quickly -> selfdestruction in 12 seconds

HoX09u73_34/x-1

POUF! - Das Papier pulverisierte sich in den Händen des Doktors und er memorierte den erhaltenen Link auf seinem Weg heim.

Der virtuelle Begegnungsraum konnte gegen eine geringe Gebühr von jedermann benutzt werden, der sich gegen eine ebenfalls geringe Gebühr einen Avatar aussuchen wollte. Man konnte dann mit einem - gegen eine schon etwas höhere Gebühr - erworbenen Neuron Ascending Sensor, den man sich in die Nase steckte, seine Gedanken in die Virtualität abdriften lassen. Die dermaßen erzeugte Illusion zeigte sich als so perfekt, dass sie die Vorstellung vieler Mitmenschen derart beflügelte, auch die Realität nur als eine Projektion von außen anzunehmen.

Aus den möglichen, noch freien Avataren wählte Cullen eine rothaarige Frau mit drei Brüsten, die in eine silberne Rüstung eingeschweißt waren. Die langen Beine seiner attraktiven Avatarin verhüllte eine bunte Haremshose. Gegen Aufpreis hätte er die Nachbildung einer lang verstorbenen Operndiva haben können, doch für seine Zwecke reichte ihm seine virtuelle Hülle vollkommen.

Zufrieden gab er die auswendig gelernte Adresse ein, lehnte sich zurück und steckte sich den NAS in die Nasenlöcher, atmete ein und befand sich sogleich in einer anderen Welt:

Über ihm spannte sich ein wolkenloser amethystfarbener Himmel mit einigen Sternen. Beeindruckt von der Schönheit des Art Works ging der Doktor voran. Unter seinen silbernen Sandalen konnte er den feinen weißen Kies knirschen hören. Es stellte sich tatsächlich so etwas wie ein Körpergefühl ein. Der Doktor begann sich sogar in seinem Avatar richtig wohlzufühlen.

Unglaublich, dachte er begeistert, ich schnuppere Meeresluft und höre das dazugehörige Rauschen. Ja, da hinten wogen schon die Wellen eines azurblauen Ozeans mit weißer Gischt verbrämt - wundervoll. Deshalb werden manche Leute danach süchtig. Wann habe ich eigentlich das letzte Mal etwas zum ersten Mal getan? Oh, da kommt mir auch schon jemand entgegen. Das muss Morton sein, wie komisch der aussieht.

Morton hatte sich einen pummeligen Avatar ausgesucht, der in rustikale Lederhosen und einen Federhut gekleidet war. Aufgeweckt sprang er der feinen Dame entgegen, die auf ihn zu schritt.

"Doktor!"

"Keine Namen, bitte!"

"Aber, aber, wir sind hier völlig sicher. Schließlich gehörte meine Firma zu den Haupt-Designern dieser schönen, neuen Welt", beruhigte ihn Morton. "Also, was haben Sie mir zu berichten?"

Einige Möwen zogen Kreise über die beiden Figuren, kreischten heiser und der Doktor befürchtete, gleich deren Stoffwechselprodukte auf die Frisur zu bekommen.

"Diese Vögel sind lästig", bemerkte er und schielte gen Himmel, wo die Möwen mit nur wenigen Flügelschlägen ganz wie auch in der Realität herumschwebten.

Mit einem Klatschen in seine kleinen Hände verscheuchte sie Morton, ohne auch nur nach oben geblickt zu haben. Das Kreischen der Möwen verklang, nur ein Hauch der Meeresbrise lag noch in der Luft.

"Sagen Sie, bin ich hier in Ihrem ganz privaten Universum gelandet, Mr. Morton?"

"Immerhin sind Sie auf meine Einladung hier, werte Frau Doktorin", grinste dieser schelmisch. Das freche Bubengesicht schien den Betrachter in arglose Stimmung versetzen zu wollen. "Aber keine Angst, Sie können es jederzeit verlassen. Sie müssen nur sterben. Also?"

"Nein, ich möchte schon noch eine Weile hierbleiben."

"Mein ALSO bezog sich auf die Frage nach Antwort!"

Cullen vermeinte, leichte Ungeduld aus dem Satz entnehmen zu können, kam daher gleich auf den Punkt und erlaubte sich auch, sein in Erfahrung gebrachtes Wissen mit etwas Fantasie aufzupeppen: "Sie werden es gar nicht glauben, was ich so alles aus meinem Patienten, respektive aus seinem Unterbewusstsein extrahieren konnte."

"Ich bin gespannt und lausche andächtig", versicherte ihm der nun pummelige Morton und wippte schon unruhig auf seinen Zehen.

In dem Augenblick legte hinter ihm ein Ozeandampfer am Strand an, fuhr einfach wie ein Omnibus über den Kies und stoppte, um einige Avatare aussteigen zu lassen. Alles unterschiedlich gestaltete Menschen: Frauen und Männer sowie Kinder, alle in leuchtenden Gewändern.

"Wer sind denn diese Leute?", fragte Cullen perplex.

"Meine Familie! Immer, wenn es möglich ist, gestatte ich ihnen, an meinen virtuellen Treffen teilzunehmen. In der Realität finde ich zu wenig Zeit dafür. Lassen Sie sich von denen nicht ablenken."

"Äh, also es scheint ganz so zu sein, dass die NSTA Kapteyn d als ihr Hoheitsgebiet beansprucht und Frank Askin, Sam Arnold sowie Kit Barret als Vorhut dorthin gesandt hat."

"Jaja, das ist mir längst bekannt", drängte Morton. "Erzählen Sie mir zum Unterschied einmal was, das ich noch nicht weiß."

"Und dieser Planet ist bewohnt. Von Kreaturen, die sich dank einer Rüstung auch durch festes Material wie Stein oder Metall bewegen können."

"Interessant. Ich nehme an, Sie können mir die Formel für das Material dieser famosen Rüstungen besorgen!" Das klang wie ein Befehl.

"Diese Formel ist selbst Frank Askin noch nicht bekannt."

"Warum glauben Sie, hat man ihn wohl dorthin zurückgeschickt?"

"Um diese Kreaturen zu besiegen."

"Und das wollen unsere drei Raumhelden allein bewerkstelligen?" Mortons Avatar zog einen Flunsch, der ganz klar Unglauben signalisierte.

"Natürlich haben sie eine Waffe dabei."

"Eine simple Laserkanone!" Das Pummelchen machte einen Hopser samt wegwerfender Geste.

"Meinen Informationen zufolge kann diese Waffe wesentlich mehr als nur Laserstrahlen abfeuern", behauptete der Doktor kühn.

"Tatsächlich?"

Amüsiert beobachtete Cullen, wie sich das Antlitz seines Gegenübers veränderte und einem bösen Gnom aus alten Sagen glich.

"Das kann nicht sein! Ich bin immer auf dem neuesten Stand über die Waffen der NSTA!"

"Offensichtlich nicht."

"Doktor Cullen, ich warne Sie, wenn Sie mich belügen, wird Ihnen das sehr leid tun!"

"Drohen Sie mir bitte nicht! Wir sind doch beide - abgesehen von unserer momentanen Gestalt - vernünftige Menschen, mein Lieber."

"Keine Vertraulichkeiten."

Ist es mir doch noch gelungen, dich zu überraschen, du hinterhältiger Gauner, freute sich der Doktor diebisch, und ich werde dir noch einen größeren Bären aufbinden. Einen Bären, der dich zwingt, dich mit deinem Informanten bei der NSTA zu überwerfen, ha!

"Mr. Morton. Ich habe berechtigten Grund zur Annahme, dass sich die NSTA nicht nur mit der Eroberung neuen Terrains im All befasst."

"Was wollen Sie damit andeuten?" Morton schien nun völlig aus der Fassung zu geraten, denn sein Avatar sprang einen halben Meter hoch und landete knirschend wieder auf seinen kurzen Beinchen.

"Dass die NSTA auch eine Großmachtstellung auf unserer guten alten Erde einnehmen will."

"NEIN!"

"Aber ja! Wer würde das nicht wollen, wenn er im Besitz einer so mächtigen Waffe ist. Und der Besitzer der NSTA ist - vorsichtig ausgedrückt - ein mehr als exzentrischer Mann mit einem Riesen-Ego."

"Aber er lag noch nie auf Ihrer Couch!"

"Richtig! Aber das kann jeder auch auf eine große Entfernung über ihn feststellen. Und Sie müssten doch auch Menschenkenner genug sein, um zu wissen, wie diese Multis ticken!"

"Alles Spekulation", echauffierte sich Morton. "Sie haben doch nicht den Hauch eines Beweises!"

"Es steht sogar in den Prophezeiungen von Nostradamus. Darin beschreibt er einen

Antichristen namens Mabus. Frappante Ähnlichkeit mit dem Namen unseres Großindustriellen, finden Sie nicht?"

"Unsere Unterredung ist beendet!" Morton wandte sich in höchster Erregung um und lief in Rekordgeschwindigkeit auf den wartenden Dampfer zu.

Cullen fragte sich, wie er nun wieder zurück in die Realität kommen sollte, da fiel ihm die Bemerkung ein, er müsse nur sterben. Daher lief er mit seinen langen grazilen Beinen auf das Meer zu, warf sich todesmutig in die Gischt und schmeckte das Salzwasser, ehe er mit dem Rauschen der Brandung im Ohr ertrank.

13_Training

"Ich hatte Besuch von einem alten Bekannten meines Vaters", berichtete Ivy ihrem Mann, der lustlos in seinem Essen herumstocherte.

"Hat diesen Brei der Computer ausgesucht?", fragte er mit einem Seitenblick zu ihr.

"Schmeckt er dir etwa nicht?" Ohne seine Antwort abzuwarten, nahm sie ihm den Teller weg und warf ihn in die Spüle, die sogleich Reinigungsschaum daraufsprühte und mit ausfahrbaren Teleskoparmen die Polierarbeit einer patenten Hausfrau leistete.

"Von wem hattest du Besuch?" Mit skeptischem Blick lehnte er sich auf dem

Küchenstuhl zurück, legte den Kopf schief, die Hände in den Hosentaschen seines hellgrauen Trainingsanzuges.

"Von einem alten Bekannten meines Vaters", wiederholte sie mit einer gezwungen wirkenden Freundlichkeit, wobei sie vor ihm auf und ab ging.

"Das habe ich schon verstanden, nur seinen Namen nanntest du nicht." Trotzig verschränkte er die Arme und betrachtete sie mit versteinerter Miene.

"Sein Name tut doch nichts zur Sache", winkte sie ab, wobei die seidenen Flatterärmel dramatisch an ihren schlanken Armen hochwirbelten. Daher blieb sie stehen, strich diese wieder glatt und ordnete sorgsam den Gürtel ihres safrangelben Kleides.

"Und was wollte er?"

Geziert setzte sie sich zu ihm an den Esstisch in der verchromten Küche. "Warum sollte er etwas wollen?"

"Alle Männer wollen etwas von dir, Ivy. Warum glaubst du, hat dich Adjaneff wohl zum Drohnen-Golf eingeladen?"

Spontan schlug sie mit der flachen Hand auf den Tisch. "Mach mir jetzt keine Eifersuchtsszene, Frank! Es geht nicht um Adjaneff!"

Enerviert erhob er sich und ging zum Kühlschrank, aus dem er sich eine Dose Energydrink holte, die er zischend öffnete.

"Erzähl mir bloß nicht, der Namenlose kam zum rein geistigen Austausch."

"Wir saßen gemütlich an der Bar und frischten nur Erinnerungen auf. Und zwar an den Mann, den ich vor dir geliebt habe."

Nach einem leisen Rülpser forschte er misstrauisch: "Was macht dieser alte Bekannte deines geliebten Vaters eigentlich beruflich?"

"Er ist ein hohes Tier bei der NASA."

"Aha, daher weht der Wind", wurde ihm schlagartig klar. "Kann es sein, dass er mich abwerben will?"

"Frank", sagte sie ausatmend. "Er kann dir einen Job verschaffen, bei dem du locker das Doppelte verdienst. Und dabei-"

Weiter kam sie nicht, denn er fauchte sie an: "IVY! Ich habe einen Vertrag unterschrieben, der mir einen Wechsel zu einem Konkurrenzunternehmen verbietet!"

"Wenn ich das schon höre", keifte sie wütend. "Ihr solltet doch zum Wohle der Menschheit zusammenarbeiten."

"Und zu deinem!", setzte er fort. "Fehlt dir etwas?"

"Hast du dir auf Google schon mal angesehen, wie dein Boss wohnt?"

"Düster-bombastisch!"

"Von wegen! Herrlich-majestätisch! Wie unser Präsident residiert er! Juchee!", jauchzte sie sarkastisch und vor allem mit theatralischem Einsatz all ihrer hübschen Körperteile.

"Du bist also unzufrieden?"

"Ich bin wie alle ökonomischen Menschen immer auf Verbesserung bedacht", gab sie zur Antwort und fuhr sich dabei verführerisch durch ihre Haare. Langsam ließ sie die Arme sinken und stellte mit Besorgnis in der Stimme fest: "Frank, dir läuft ja Blut aus der Nase."

Erschrocken fuhr er sich kurz mit einer Hand an die Nasenlöcher und besah sie sich dann. Zeigefinger und Daumen waren voller Blut und nun tropfte es auch auf seinen Trainingsanzug, von dessen selbstreinigenden Lotus-Stoff er es leicht wegwischen konnte.

Ivy sprang auf und kam näher, doch er wich ihr aus.

"Fühlst du dich nicht wohl?"

"Es ist nichts, lenk nicht ab. Wo waren wir?"

"Bei einem Angebot, dass du nicht ablehnen solltest!" Leicht genervt setzte sie sich wieder hin.

"Richtig!" Schnell spülte er sich die Hand unter dem Wasserhahn ab, putzte sich das Blut unter der Nase weg und wandte sich ihr wieder zu. "Ganz abgesehen davon, dass die NASA ihre beste Zeit schon hinter sich hat-"

Nun unterbrach sie ihn schnell: "Darum wollen sie ja *dich*, mein Liebling!"

"Noch einmal", sagte er gepresst. "Mein Arbeitsvertrag verbietet einen Wechsel. Triff ihn also nicht mehr!"

Mit einem Satz sprang sie auf, stellte sich direkt vor ihn hin. "Ich treffe, wen ich will!"

Zum ersten Mal spürte er den Impuls, ihr einfach ins Gesicht zu schlagen, konnte ihn jedoch dank seines mentalen Trainings leicht unterdrücken.

"Was siehst du mich so an?" Als hätte sie seine Gedanken gelesen, trat sie einen Schritt zurück.

"Ivy, wenn du irgendetwas brauchst, dann sag es mir einfach, ohne mich in ein neues Arbeitsverhältnis drängen zu wollen."

"Also bitte, wenn du es immer noch nicht bemerkt hast: Ich brauche dringend Tapetenwechsel! Verlang einfach eine Gehaltserhöhung."

"Wie sieht es mit deiner Arbeit aus? Hat *dir* der alte Bekannte deines Vaters kein Jobangebot gemacht?"

"Komm mir nicht auf diese Tour", warnte sie ihn, trippelte eilends davon und ließ ihn stehen.

Mit einem vernichtenden Blick sah er ihr nach, wie sie ins Schlafzimmer verschwand und die Tür hinter sich zuschlug. Noch hungrig machte er sich auf den Weg zum Training, das diesmal zu dritt in dem Tranquiller-Room abgehalten werden sollte.

Auf dem Weg dahin ärgerte er sich im Gedanken an Ivy über deren ewige Unzufriedenheit und ihre steigenden Ansprüche.

In der Umkleidekabine traf er auf Sam und ihren gemeinsamen Vorgesetzten.

"Heute machen wir eine Gefahrenübung", kündigte dieser an.

"Und welcher Gefahr werden wir ausgesetzt?", fragte Sam.

"Das sollt ihr selber merken, denn im Weltall gibt es auch keine Vorwarnung."

"Arbeiten wir mit Gerät?"

"Nein! Übrigens haben unsere Techniker die Sound-Sonde verbessert. Nach allem, was wir bisher über das Gestein auf dem Planeten herausgefunden haben, wäre sie mit an Sicherheit grenzender Wahrscheinlichkeit ohnedies zu schwach gewesen. Jetzt erreicht sie 66 Dezibel."

"Was habt ihr denn rausgefunden?", forschte Sam.

Da platzte Kit herein, Adjaneff vergaß aufs Antworten und Sam wollte nicht nochmals fragen.

"Stimmt was nicht mir dir, Frank?", erkundigte sich Adjaneff, dem aufgefallen war, dass sich dieser nicht an dem Gespräch beteiligt hatte.

"Wieso?" Automatisch griff er sich an die Nasenlöcher, aus denen allerdings diesmal kein Blut lief.

"Du bist so still."

"Er mimt den großen Schweiger, wie die meisten Helden", scherzte Kit, der sich inzwischen seine schwarze Badehose angezogen hatte. "Von mir aus kann's losgehen!"

Zu dritt betraten sie den Tranquiller-Room.

"So, wo ist jetzt - Blub - die Gefahr?", fragte Sam in der Mitte des Raumes, welcher - außer ihrer Anwesenheit - völlig leer zu sein schien.

"Die haben etwas - Blub - an der Temperatur gedreht", fiel Kit auf. "Es wird - Blub - kälter. Vor allem an den Beinen."

"Ja, das hab ich - Blub - auch gerade gemerkt", stimmte Frank zu.

"Ich fühle keinen - Blub - Unterschied." Sam sah sich unsicher um.

"Vielleicht tauchen gleich - Blub - Krokodile auf", scherzte Kit. "Oder ein Schwarm hungriger - Blub - Piranhas."

"Ich sehe so eigenartige - Blub - Schlieren in der Flüssigkeit", bemerkte Sam.

Frank bekam etwas Bekanntes in die Nase: "Sie leiten Wasser - Blub - ein. Schnell raus hier, ehe wir es - Blub - in die Lunge kriegen!"

Durch die Wasserzufuhr trübte sich die Tranquiller-Flüssigkeit leicht, ermöglichte dafür jedoch das schnellere Verlassen des vollgefüllten Raumes zum Ausgang hin durch Schwimmbewegungen.

Nach rechtzeitiger Flucht grinste ihnen Maurice zu: "Sehr gut! Gefahr in kürzester Zeit erkannt!"

"Das war die pure Heimtücke", beschwerte sich Sam und hustete.

"Ihr seid ein gutes Team", lobte Adjaneff zufrieden. "Wollen wir hoffen, auf eurer Reise kommt euch nichts Ärgeres in die Quere als ein wenig kaltes Wasser.

"Kommt auch auf den Aggregatzustand an", ergänzte Kit.

"So", klatschte Adjaneff kurz in die Hände, "jetzt liegen nur noch die üblichen Routinetests vor euch und der Medizincheck."

"Was hättet ihr nur getan, wenn wir drei als tote Wasserleichen den Raum verlassen hätten?", konnte sich Kit einen abschließenden Witz nicht verkneifen.

14_Hypnotisiert

Ivy Askin lag auf Dr. Cullens Couch und entspannte sich. "Hier liegt mein Mann also immer, wenn er bei Ihnen ist."

"Ja, und danach fühlt er sich wundervoll."

"Ach übrigens, bevor ich's wieder vergesse", fiel ihr plötzlich ein, während sie die Falten ihres marineblauen Kleides ordnete, da sie in jeder Lage so attraktiv wie nur möglich aussehen wollte. "Was ergab eigentlich Ihre

Übersetzung der im Schlaf geäußerten Worte meines Mannes?"

"Es scheint sich nur um eine Fantasiesprache zu handeln", beruhigte sie Cullen. "Wir können natürlich alles Mögliche hinein interpretieren, doch wir werden daraus keine klare Botschaft erhalten."

"Gut, dann fangen wir an." Aufmunternd klimperte sie mit den langen Wimpern.

"Ich zähle bis zehn und sie werden bei jeder Zahl ein wenig müder, bis Sie schließlich einschlafen. Eins, zwei, ..."

"Ich werde müde", stellte sie fest, schloss die Augen und war bei der Zahl Zehn tatsächlich in tiefen Schlaf gesunken.

"Ivy, ich möchte, dass Sie sich an ihr letztes Zusammensein mit Frank erinnern. Wo war das?"

"In unsrem Bett. Wir hatten Sex und plötzlich lief ihm Blut aus der Nase."

"Was fühlten Sie dabei?"

"Unbehagen."

"Was hat er nach dem Sex gesagt?"

"Nichts, ist einfach eingeschlafen."

"Und was hat er davor gesagt?"

"Durch Sex wird eine Frau noch schöner."

Cullen musste das Lachen verbeißen, als er hörte, wie Frank seine Frau zur körperlichen Liebe animierte.

"Hat er wieder im Schlaf gesprochen?"

"Nein, er hat nur geschnarcht."

"Was stört Sie am Sex mit ihm?"

"Dass es nie ein Nachspiel gibt."

"Und das Vorspiel?"

"Viel zu kurz."

Der Doktor ließ eine Weile verstreichen, in welcher er sie genau betrachtete, wie sie so vor ihm auf der Couch lag, hingegossen wie eine perfekte Skulptur eines Bildhauers, der sich selbst beim Faltenwurf der Kleidung größte Mühe gegeben hatte.

"Was soll Schönheit, wenn sie nicht begehrt wird, Ivy", flüsterte Cullen. "Sie wollen begehrt werden, Ivy, und zwar von MIR!" Die letzten vier Worte sprach er mit allem Nachdruck und wartete wieder eine Weile.

Auf ihrem schönen Gesicht zeichnete sich totale Entspannung ab. Die Lippen schienen selig vor sich hinzulächeln.

"Sie sehen in MIR Ihren Traummann, den Sie sich schon immer gewünscht haben, Ivy!", indoktrinierte er sie. "Wenn ich bis zehn gezählt habe, wachen Sie entspannt auf und verlieren Ihr Interesse an Maurice und fühlen sich wie im siebenten Himmel. Eins, zwei,..."

Bei Zehn schlug sie die Augen auf und sah ihn an, als sähe sie ihn das erste Mal. Ihre Lippen öffneten sich: "Oh, was habe ich denn alles gesagt?"

"Sie verrieten mir, dass Ihr Vater Ihnen sehr fehlt."

"Ja, das tut er, obwohl er mir aus dem Jenseits noch immer nahe kommt."

"Wenn Sie meinen Rat wollen, dann leben Sie nur im Hier und Jetzt. Lassen Sie die Toten ruhen und leben Sie Ihr Leben frei und ohne Ratschläge aus der Anderswelt."

"Das ist ein Rat, den ich gern befolge, Dr. Cullen. Sie sehen übrigens heute so viel jünger aus. Kontaktieren Sie Beauty-Kliniken?"

"Nein, das überlasse ich getrost der Damenwelt. Kann ich sonst noch irgendetwas für Sie tun, meine Liebe?"

"Äh-nein, ich bin leider heute schon verabredet, aber ich komme jederzeit gern darauf zurück!", versprach sie verheißungsvoll mit dem verführerischsten Lächeln, das er je gesehen hatte.

15_Chefsache

Ivy Askin hatte ihr Blondhaar mit Underwater-Wax behandelt, einem Produkt, dass die Haare in trockenem Zustand wirken ließ, als würde man sich unter Wasser befinden. Die blonde Mähne waberte um ihr Gesicht herum, stand ihr mal zu Berge, mal umschmeichelte sie den Kopf. Mit ihren 10-cm-High Heels konnte Ivy auf dem grünen Belag zwar nur schlecht gehen, dafür mit ihrem Gastgeber auf gleicher Augenhöhe kokettieren, was sie gerne tat.

"Ach, Maurice, wie gern betätige ich mich mit so einem galanten Partner sportlich.

"Ich freue mich auch, dass du es einrichten konntest, mir wieder deine Zeit zu widmen."

Der Golf-Caddy warf eine Drohne hoch und Ivy zielte und schoss etwas ungeschickt.

"Bravo Ivy", lobte er sie euphorisch. "Du wirst immer besser, diesmal hast du einen Flügel des Propellers getroffen."

Ihr enger lindgrüner Hosenanzug schränkte ihre Bewegungsfreiheit ein, daher zippte sie sich die Jacke auf, unter der sie nur ein Top in der Farbe Nude trug, und warf sie auf den Caddy. Nun wirkte es für Beobachter aus der Entfernung, als wäre sie obenherum nackt. Wie sie so mit der Armbrust geschultert neben Maurice einher trippelte, schaukelten ihre Brüste verführerisch im Takt.

"Ich möchte gern Mr. Ypsilon kennenlernen, könntest du das für mich einrichten, Maurice?"

"Du meinst den Besitzer der NSTA, Mr. Y-MA-Bus?"

"Ja sicher."

Maurice hielt an und sah zur Drohne hoch, während Ivy nur ihn betrachtete, wie er in seinem schiefergrauen Sportanzug eine blendende Figur machte.

"Ich versuche nun, den von dir beschädigten Propeller zu treffen", kündigte er an und zielte.

"Wann kann ich mit ihm sprechen?"

Maurice brach den Ziel-Versuch ab und sah ihr in die Augen: "Den kann man nicht so einfach sprechen, er ist ein vielbeschäftigter Mann."

"Ja, ich glaube gern, dass er ein vielbeschäftigter Mann ist", wiederholte sie gelangweilt. "Aber die fünf Minuten für mich wird er schon erübrigen können."

"Das glaube ich nicht, Ivy."

"Ich bin sicher, du schaffst es, mich ihm vorzustellen", insistierte sie.

"Was willst du denn mit ihm besprechen, Ivy?"

"Das muss ich von dir doch nicht vorher beglaubigen lassen, oder?"

Er zielte wieder, schoss und verfehlte.

"Oh, daneben", kommentierte sie schadenfroh.

"Wenn ich es nicht besser wüsste, käme ich auf die Idee, du willst mich ablenken, um das Spiel zu gewinnen."

"Ich will ehrlich sein, das Spiel interessiert mich gar nicht."

"Ist dein Mann eigentlich nicht eifersüchtig, wenn du schon wieder mit mir Drohnen-Golf spielst?"

"Nein, ich erzählte ihm ja letztes Mal, dass deine Verlobte mitspielt."

"Und wen hast du mir da angedichtet? Doch hoffentlich nicht meine Sekretärin. Die ist nämlich ein Roboter."

"Keine Sorge, eine imaginäre Person mongolischer Abstammung mit Namen Sandrine."

"Wieso mongolischer Abstammung?"

"Weil das so diametral von mir entgegengesetzt ist", hauchte sie. "Wann kannst du mir einen Termin mit deinem obersten Chef arrangieren?"

"Ivy, ich sagte bereits, er ist zu beschäftigt. Du kannst alles, was du ihm sagen willst, auch mir anvertrauen."

"Ich will es aber mit Mr. Ypsilon besprechen."

"Ivy, so starrsinnig kenne ich dich gar nicht."

"Nein, du bist es, der starrsinnig ist, Maurice. Ich bitte selten jemand um einen Gefallen und dich habe ich bisher noch nie um einen gebeten. Diesen kleinen wirst du mir doch nicht abschlagen?"

"Schluss mit diesem hin und her. Sag mir sofort, was du von ihm willst!"

"Wie redest du mit mir? Glaubst du, ich bin einer deiner Untergebenen?" Erbost steckte sie die Armbrust in den Caddy, nahm ihre Jacke, zog sie an und zippte sie demonstrativ zu.

"Was ist, spielst du nicht mehr mit?"

"Kriege ich den Termin?"

"NEIN!"

Mit einem Sprung enterte sie den Golf-Caddy und kreischte: "NOTFALL! Zurück zum Parkplatz."

Der Caddy setzte sich ruckartig in Bewegung, was sie beinahe zu Sturz brachte, doch sie schaffte es noch, sich an dem Chromgehäuse festzuklammern.

"STOPP!", rief Maurice und machte einige große Schritte auf sie zu, sobald der Caddy stillstand. "Steig wieder ab!"

"Bist du zur Vernunft gekommen, mein Lieber?"

"Du kannst nicht mit ihm sprechen, doch du kannst MIR vertrauen."

"Woher willst du wissen, was ich alles kann?", forschte sie überheblichen Blicks.

"Du kannst deinen Mann dressieren, mich nicht. Ich halte dich für viel zu verwöhnt und anmaßend."

"Wenn du mich nicht auf der Stelle wegfahren lässt, dann zeige ich dich wegen sexueller Belästigung an", warnte sie ihn.

"HÄHÄ", ließ er ein böses Lachen vernehmen.

Wutentbrannt sprang sie von dem Caddy, holte mit einer Hand aus und versetzte ihm eine schallende Ohrfeige.

"Bist du verrückt?", fragte er und rieb sich die brennende Stelle im Gesicht.

"Das kommt ganz drauf an, wer vor mir steht! Wag' es nie wieder, mich auszulachen!"

"Du Biest", presste er mit mühsam unterdrückter Wut hervor.

"ZUM PARKPLATZ", befahl sie im Aufspringen dem Caddy, der sofort wieder losfuhr.

Maurice zielte mit der Armbrust auf sie, besann sich dann noch rechtzeitig und zielte auf die Drohne, deren Steuerprozessor er mit einem Schuss in ihre Mitte traf, worauf sie krachend explodierte.

Tausend Drohnenteile regneten auf ihn herab.

Auf dem Parkplatz begab sich Ivy ohne Umschweife in ihre Flugscheibe und hatte bereits einen Plan, wie sie ihre Absicht so schnell wie möglich erfüllen konnte.

"Flug zur Rich-Coast!", befahl sie.

Die Flugscheibe bewegte sich in Richtung der Grundstücke jener reichen Leute, die sich die teuersten Ländereien leisten konnten. Man durfte dort nur auf Einladung landen. Schon bald ertönten über den Kommunikator entsprechende Warnungen.

"Property der Rothschilds, Überflugverbot!"

Die Drohne flog einen Bogen.

"Property der Rockefellers, Überflugverbot!"

Wieder wich die Drohne aus und diesmal hörte Ivy das, worauf sie schon gewartet hatte: "Property von Y-MA-Bus, Überflugverbot!"

Mit aller Kraft trat sie mit einem ihrer spitzen Absätze in die mittlere Konsole mit den vielen Kontrolllämpchen, worauf die Flugscheibe zu straucheln begann.

"NOTLANDUNG!", forderte Ivy resolut.

Gehorsam ging die Flugscheibe runter, und zwar mit ziemlicher Schräglage. Vergleichbar mit der rasanten Abwärtsbewegung einer Hochschaubahn, für deren Nutzung Vergnügungssüchtige im vorigen Jahrhundert zahlten, um gesichert Gefahr zu schmecken.

Die Landung auf einem satten grünen Stück Echt-Rasen fiel weich aus.

Nach einer Weile, die ihr angemessen erschien, stieg Ivy aus und zippte sich ihre Jacke auf. Leichter Wind wehte ihr ins Gesicht, der den Duft von hochgezüchteten Orchideen mit sich trug. Auf einmal tauchte ein Gorilla auf, der auf allen Vieren in ihre Richtung trabte. Es schien sich um ein wild gewordenes Männchen - einen sogenannten Silberrücken - zu handeln. Der Menschenaffe näherte sich mit einer ziemlichen Geschwindigkeit und machte dabei furchterregende Geräusche, wie man sie eher von einem Löwen erwarten würde.

"ROAR-ROAR!"

Obwohl Y-MA-Bus bekannterweise einen Privatzoo besaß, nahm sie nicht an, dass der Primat echt wäre.

Vor ihr angekommen sah er sie mit leuchtenden Bernstein-Augen an und öffnete sein Maul: "UFF-UFF! Mädäm stehen auf Privatgrund!"

"Ich musste leider notladen. Mein Name ist Ivy Askin. Wäre es möglich, mir aufgrund des Schocks ein Glas frisches Hochquellwasser zu servieren?"

"UFF-UFF!" machte er wieder und verharrte, offenbar, um auf Anweisungen zu warten.

Ivy tappte ungeduldig mit einem ihrer Pumps auf und ab, ihr Absatz versank immer wieder in der weichen Erde zwischen Grasbüscheln. Ein starker Windstoß von der Küste her kämpfte mit dem Underwater-Wax um die Herrschaft über ihre Frisur und gewann: Das lange goldglänzende Haar hing nur noch haltlos über ihre Schultern.

"Reparatur-Service angefordert! Mädäm sind eingeladen. Bitte folgen!"

Hocherfreut trippelte sie dem nun langsamer vor ihr her hüpfenden Gorilla nach, welcher sie zu einer breiten Natursteintreppe führte.

"Hier hinauf!", wies er sie an und zeigte zusätzlich noch mit einer seiner wuchtigen Pranken in die Richtung.

Leichtfüßig hüpfte sie die Stufen nach oben, wo eine weitläufig angelegte Wiese von drei künstlichen Mäh-Schafen abgegrast wurde, sodass die Grashalme alle auf exakt gleiche Länge zugeschnitten aufragten.

Dahinter öffnete sich schon eine Pforte zum Eingang in das riesige Haus. Das Wort Haus stellte jedoch eine starke Untertreibung dar, denn es handelte sich mehr um einen Palast, jedenfalls ein würdiges Zuhause für einen der reichsten Menschen des Planeten. Der Boden Marmor, die Säulen griechisch, die Gemälde an den Wänden uralt und der Hausherr persönlich noch sehr jung aussehend, obwohl er schon jenseits der 40 war, wie sie wusste. Mit seinem jungenhaften Lächeln nickte er ihr zu, die Hände in den Hosentaschen seines schwarzen Anzuges, unter dem er ein ebensolches Hemd trug. Sein dunkles, akkurat geschnittenes Haar trug er links gescheitelt und sein rechtes Augenlid zeigte sich auf halber Höhe, was wie ein angedeutetes Zwinkern wirkte.

"Welch ein Zufall, dass die Frau meines erfahrensten Astronauten ausgerechnet auf meinem Grund und Boden eine Panne hat."

"Gar kein Zufall, ich habe gegen eine Konsole getreten und solcherart die Notlandung erzwungen. Sind Sie mir jetzt böse, Mr. Ypsilon?" Bei der Frage zog sie sich ihre Jacke aus und drapierte sie umständlich über ihren linken Unterarm.

"Wie könnte ich einem solchen Ausbund an Charme böse sein. Möchten Sie anstatt des

Hochquellwassers lieber eine Tasse Tee, den ich auf dem Mars anbauen lasse?"

"Oh, ich brenne darauf, den Geschmack des Mars' zu verinnerlichen."

"Dann seien Sie willkommen, Mrs. Askin."

Hinter ihm tauchte ein flachsblonder Mann in einem weinroten Overall auf, stellte sich nicht vor und maß sie mit scharfen, zu Schlitzen verengten Augen.

"Sie wollten mich, den Chef Ihres Gatten, also persönlich kennenlernen?", fragte sie Y-MA-Bus, während er sie in einen mit großblättrigen Grünpflanzen bestückten Salon zu einer schwarz-weiß-gestreiften Sitzgruppe führte, wo sie beide Platz nahmen.

"Ja, und zwar, weil ich Ihnen etwas Wichtiges mitzuteilen habe", säuselte sie mit zuckersüßem Gesichtsausdruck und einem Blick zu dem Begleiter, welcher neben seinem Chef stramm stand, auf seinen Brusttaschen trug er das NSTA-Logo in Gold. "Unter vier Augen."

"Sie können bedenkenlos sprechen. Das ist Lennard, nur ein Roboter, dem ich die Form eines Menschen gab. Das Muttermal auf der linken Wange und die unregelmäßigen Zähne hinter seinen schmalen Lippen machen diese Illusion perfekt."

"Wirklich großartig. Ich designe ja ebenfalls und sandte Ihnen schon einige meiner

Entwürfe. Aber ich fürchte, Sie haben diese niemals vorgelegt bekommen."

"Lennard hat sogar eine Haut, die altern kann", führte Y-MA-Bus weiter aus, ohne ihre Entwürfe einer Erwähnung zu würdigen.

"Ups! Das wäre nichts für mich, eher das Gegenteil. Also ich hätte so etwas sicher nicht designt."

"Ja richtig, Ihre Entwürfe. Sind Sie deshalb zu mir gekommen, um mir selbige persönlich vorlegen zu können?"

"Nein, es geht um eine wichtigere Angelegenheit."

"Gut, kommen wir zur Sache."

"Mein Mann hat mir etwas anvertraut", begann sie mit einer geheimnisvoll wirkenden Handbewegung.

In dem Augenblick schoben zwei Metallmännchen einen gläsernen Tisch herein, auf welchem zwei zierliche Tassen aus chinesisch bemaltem Porzellan mit einer stark dampfenden rötlichen Flüssigkeit darin standen, und verschwanden wieder, nachdem der Tisch zwischen ihrem Chef und der Besucherin stand.

Y-MA-Bus hob das Kinn. "Sie haben meine volle Aufmerksamkeit."

"Mein Mann will mich wohl nicht mehr so lang allein lassen, denn er nahm sich vor, den nächsten viele Monate dauernden Einsatz abzusagen. Aber für eine Million Bitcoins könnte ich ihn schon überreden, für Sie wieder ins All hinaus zu fliegen."

"Sie sind eine bemerkenswerte Frau, Mrs. Askin", stellte er fest, wobei seiner Mimik keine Gefühle zu entnehmen waren. "Und ich kann Ihren Mann verstehen, dass er nicht von Ihnen getrennt werden will. Wären Sie meine Frau, würde ich das ebensowenig wollen."

"Oh, vielen Dank für das reizende Kompliment. Aus Ihrem Mund klingt es noch angenehmer."

Lennards Augen zeigten sich nun größer als zuvor und drückten den Anflug von Erstaunen aus.

Behutsam nahm Y-MA-Bus seine Tasse hoch, blies ein wenig auf deren Inhalt und nahm dann einen kleinen Schluck zu sich. Ivy Askin tat es ihm gleich.

"Und Sie meinen, Frank überzeugen zu können, sich nolens volens von Ihnen für einige Monate verabschieden zu können?", forschte er, wobei er wieder lächelte.

"Glauben Sie mir, Mr. Ypsilon, ich verfüge über exzellente Überredungskunst."

"Dann verlasse ich mich ganz auf diese exzellente Überredungskunst, aber", brach er ab und hob einen Zeigefinger, "machen Sie ihn mir nicht zu müde!"

"Hihi", kicherte sie und errötete leicht.

Langsam trank er seine Tasse leer und auch Ivy Askin ließ den Tee genüsslich durch ihre Kehle laufen. Kurz wartete sie noch vergeblich, dass er ihr eine zweite Tasse anbot. Dann stand sie energisch auf und warf sich ihre Jacke locker über die Schultern.

"Danke für den Marsianischen Tee und Ihre Gesellschaft, Mr. Ypsilon. Es war ein Vergnügen, mit Ihnen zu plaudern, so voller Esprit wie Sie sind." Das klang gedichtartig aufgesagt.

"Leben Sie wohl, Mrs. Askin", verabschiedete er sich, ohne sich zu erheben.

Nicht zu schnell bewegte sie sich hüftschwingend wieder zum Ausgang.

Nachdem sie fort war, stützte er die Ellbogen auf den Tisch und legte das Kinn auf seine gefalteten Hände, wobei er zu Lennard schielte: "Was meinst du?"

Lennard verzog den Mund zu einem schiefen Lächeln und sagte: "Sie ist gefährlich."

"Dann sind wir ja wieder einer Meinung! Geh ihr nach!"

Draußen vor dem Anwesen stieg Ivy gerade in die reparierte Flugscheibe ein. Lennard blieb davor stehen und stemmte die Hände in die Hüften.

"Sollen Sie mir noch zum Abschied zuwinken?", flötete sie amüsiert.

"Die gewünschte Summe befindet sich bereits auf Ihrem Konto, Mrs. Askin", versprach ihr Lennard und atmete hörbar aus. "Als Bonuszahlung für beratende Tätigkeit."

"Danke, Lennard. Ich vermute, Sie sind doch ein Mensch!"

"Ich bin sogar der Geliebte von Mr. Y-MA-Bus."

Diese Offenbarung ließ ihre Mundwinkel sinken. Wortlos schloss sie die Kuppel und schwebte davon.

"Das hättest du ihr nicht sagen sollen", beschwerte sich Y-MA-Bus über Ohrstöpsel. "Sie wird es ausposaunen, wenn es ihr nützt."

"Kein Mensch wird ihr glauben. Außerdem wollte ich sichergehen, dass sie nicht nochmals hier aufkreuzt."

"Täusch dich nicht! Die Menschen glauben, was sie glauben wollen. Und ich bin mir sicher, die Frau kommt wieder."

Lennards schmale Lippen gaben eine Reihe unregelmäßiger Zähne frei. "Da müssen wir aber Vorbereitungen treffen, Busy!"

16_Einsatzbefehl

In der Praxis machte sich depressive Verstimmung breit. Doktor und Patient konnten sich nicht einigen.

"Ich sehe Ihrem nächsten Einsatz mit Optimismus entgegen", versuchte Cullen, ihn etwas aufzumuntern.

Mit einem wehmütigen Blick konterte Frank: "Optimismus ist nur ein Mangel an Information."

"Da habe ich auch einen Spruch für Sie: Diese Welt ist nicht von Dauer, nicht einmal unsere Probleme sind es."

"Das lässt mich hoffen."

"Wohin gehen Sie jetzt, Frank?"

"Ins Büro der NSTA."

"Dann geht es bald wieder hinaus ins All?"

"Ja, einerseits wollte ich so lange wie möglich daheim bei meiner Frau sein, andererseits zieht es mich magnetisch fort."

"Wie jeden Abenteurer", bemerkte der Doktor. "Dann wünsche ich Ihnen viel Glück!"

"Mit Glück hat das nichts zu tun, nur mit totaler Konzentration."

Der Doktor sah ihm nach, als er die Praxis verließ. Mit weit ausholenden Schritten, ohne einen Blick zurück oder zur Seite zu werfen...

Adjaneff machte ein Gesicht, als käme er gerade vom Begräbnis des besten Freundes.

"Ist irgendetwas passiert?", erkundigte sich Frank.

"Schwer zu sagen. Wir waren bisher noch mit den Auswertungen Ihres Bordfunks beschäftigt, was uns noch zu einigen Fragen führte."

"Sie brauchten so lange, um alles auszuwerten?", wunderte sich Frank.

"Einige Stellen waren kaum verständlich. Unser Funk-Experte benötigte viel Aufmerksamkeit und Zeit, um wirklich alles einwandfrei zu dechiffrieren."

"Und welche Fragen sind noch offen?"

Nach einem langen Atemzug rückte Adjaneff damit heraus: "Frank, an einer Stelle sagen Sie ganz leise: Jorge wurde umgebracht. Und ich frage Sie: Von wem?"

"Aber das mit Jorge war doch ein Unfall", behauptete Frank konsterniert.

"In Ihrem Bericht schrieben Sie, dass Jorge spurlos verschwand und die Sonde zerstört zurückließ, erinnern Sie sich?"

"Sicher. Ich kam mit dem Laser zurück und fand nur noch die zerstörte Sonde. Daher dachte ich, Jorge sei auf den Berg geklettert, heruntergestürzt und dann vermutlich halbtot zu einer nahen Schlucht gewankt."

"Das kam mir sofort absonderlich vor", sagte Adjaneff, "denn ein Halbtoter kann schwer noch zu einer Schlucht wanken, um noch tiefer abzustürzen."

"Wenn er einen Gehirnschaden erlitt, dann-"

"Der Helm müsste ihn vor schweren Gehirnschäden geschützt haben."

"Mr. Adjaneff, was alles müsste auf der Welt anders sein, um nicht immer in eine Katastrophe zu münden."

"Frank, ich kann Sie und die andern nicht noch einmal zu einem Ort schicken, wo unsere Leute umgebracht werden."

"Was wollen Sie von mir hören?"

"Die Wahrheit. Mittlerweile ist Zeit vergangen und Sie konnten Ihre Erinnerung neu sortieren."

Frank überlegte, ob das ein Trick sein könnte. Durch den Doktor wurde er auf die Idee einer Löschung unliebsamer Erinnerungen gebracht. Sollte diese von Adjaneff ausgegangen sein, dann prüfte der gerade, wie wirksam sie war. Sollte sie von den Fremden auf dem Planeten ausgegangen sein, dann würde ihn Adjaneff nicht mehr dorthin schicken. Jedenfalls nicht als Team von nur drei Leuten.

"Wer hat Jorge umgebracht, Frank?", bohrte Adjaneff weiter. "Sie haben Fotos dieses ominösen Torbogens gemacht, der unzweifelhaft von intelligenten Wesen geschaffen wurde."

"Ja, doch der Planet war völlig unbewohnt. Die Atmosphäre bestand zu 9,751 % aus CO_2."

"Das bedeutet nur, dass es sich bei den Bewohnern um keine Menschen gehandelt haben kann oder sich etwaige menschliche Bewohner mit Sauerstoffmaske, vermutlich einem Schutzanzug, für länger an die Oberfläche wagen können."

"Ja, aber Sie wissen so gut wie ich, dass man Leben auch unterirdisch detektieren kann. Und wir haben nichts an Daten gefunden, die Leben - welcher Art auch immer - bestätigt hätten."

"Aber SIE sagten, Jorge wurde umgebracht!"

"Das mag schon sein, denn meine Frau berichtete mir, dass ich im Schlaf unverständliches Zeug rede. Ich habe wahrscheinlich gesagt, dass der verfluchte Planet Jorge umgebracht hat. Wie auch immer. Wenn wir nochmals dorthin fliegen, dann kann ich sicher Näheres herausfinden, und vor allem", um die Wichtigkeit seiner Mission zu unterstreichen, hob Frank an der Stelle den rechten Zeigefinger hoch, "können wir die Maschine installieren, die das CO_2 aus der Atmosphäre saugt."

"Das wäre wünschenswert. Ein Stützpunkt weit entfernt von der Erde wäre für uns von hohem strategischen Wert."

"Wer immer diesen Torbogen in den Stein gehauen hat, ist längst ausgestorben", versicherte ihm Frank mit stechendem Blick.

"Da ist noch etwas, das ich Sie eigentlich auch schon früher fragen wollte..."

"Ja?"

"Sie berichten, Sie hätten Ihren Helm abgenommen und nach Jorge gerufen. Wie lange waren Sie der Atmosphäre schutzlos ausgeliefert?"

"Höchstens zwei Minuten, sonst wäre ich ohnmächtig geworden."

"Sam war nicht in Ihrer Nähe?"

"Nein, befehlsgemäß befand er sich an Bord."

"Und Sie flogen dann die Gegend auf der Suche nach Jorge ab?"

"Exakt, allerdings konnte ich nicht bis auf den Grund der Schlucht vordringen, da sie immer enger wurde, je tiefer sie runterging."

"Na schön, belassen wir es dabei", gab sich Adjaneff scheinbar zufrieden. "Ich lege das alles nochmals dem Gremium unter Vorsitz von Y-MA-Bus vor."

"Hat die Obrigkeit schon beschlossen, wann es wieder los geht?"

"Der Tag X steht noch nicht fest. Der neue Befehl lautet jedenfalls, Sie stellen die Maschine auf, überzeugen sich von deren reibungsloser Betriebsbereitschaft, gehen dann mit Kit zu dem Torbogen und versuchen mit der neuen Sonde das Gestein zu durchdringen. Sollten Sie dahinter irgendwelche brauchbaren Artefakte einer ausgestorbenen Zivilisation finden, bergen Sie diese und bringen Sie uns."

"Verstanden!"

"Und diesmal nehmen Sie die Laserwaffe jedenfalls mit, bei jedem Landgang!"

"Verstanden", wiederholte Frank und freute sich einerseits, dass ihm sein verschwundenes Gedächtnis offenbar nicht von Adjaneff gestohlen worden war. Andererseits musste er annehmen, dass hinter dem Torbogen feindliche Aliens auf ihn lauerten.

"Unser nächstes Treffen beinhaltet dann noch einige spezielle Anweisungen und die Einschwörung des Neuen", verabschiedete er ihn. "Hoffen wir, dass er härter im Nehmen ist als Jorge."

17_Rendezvous

Eine rassige Schwarzhaarige in einem atemberaubenden roten Abendkleid aus glänzender Seide lief durch eine schier endlose Wüstenlandschaft. In der linken Hand trug sie ihre zum Abendkleid passenden Seidenpumps, welche hier nutzlos waren. Rechts von ihr häufte sanfter Wind immer neue Dünen auf, um sie wenig später wieder abzuschleifen. Einer ihrer Spaghettiträger verrutschte und beim Versuch ihn wieder hochzustreifen, erwischte sie eine Haarlocke, die sich unter dem Träger verklemmte. Am Horizont leuchteten zwei Sonnen, eine gelbe und leicht versetzt von dieser eine blutrote. Die Hitze ließ die Luft flirren und links neben der Schönen tauchte ein sich drehender Sandteufel auf, der nach wenigen Sekunden wieder zu Staub zerfiel. Um ihre Wespentaille schnürte ein goldener Gürtel die Weichteile derart ein, dass der Umfang ihrer Körpermitte nur noch 35 Zentimeter betrug. Mit dem Handrücken wischte sie sich einige Schweißperlen von der hohen Stirne und suchte mit ihren feurigen Augen die Gegend nach einem menschenähnlichen Wesen ab.

Endlich, nach einer gefühlten Stunde tauchte ein seltsamer Gnom auf. Abwartend blieb sie stehen.

"Mrs. Askin! Welche Freude, dass Sie meine Einladung angenommen haben! Sie sind virtuell fast noch schöner als in der Realität."

"Der Avatar ist ein Geschenk meines Mannes", erklärte sie lächelnd und gab eine Reihe goldener Zähne frei.

"Er muss Sie ja abgöttisch lieben, wenn er Sie so verwöhnt."

"Es geht", wiegelte Sie ab. "Kommen wir zum Geschäft. Eine Million?"

"Natürlich! Die Million befindet sich schon auf Ihrem Konto. Für Ihre reizenden Entwürfe. Ich hoffe, Ihre Informationen sind jeden Bitcoin wert", sagte der Gnom, der ein lustiges Zwergenkostüm in den Farben Graublau und Rosa trug.

"Der Planet ist bewohnt."

"Weiß ich schon. Von wie vielen Aliens?"

"Eine halbe Milliarde."

"Das ist im Vergleich zu unserer Ausbreitung ja direkt moderat."

"Unterschätzen Sie den Feind nicht", warnte sie ernst und eindringlich und ließ ihre Pumps aus der Hand fallen. "Sie sind alle über zwei Meter groß, breitschultrig und haben kleine Köpfe, in denen sich jedoch ein komplexes Gehirn befindet."

"Erstaunlich. Hat Ihr Mann denn schon eine Obduktion vornehmen können?", feixte der Gnom.

"Nein, doch sie verfügen über eine uns überlegene Technologie. Eine Rüstung, mit welcher sie feste Gegenstände und harten Stein durchdringen können, als befände sich nur für sie eine Tür darin, die keiner sonst sehen kann."

"Das hört sich ja utopisch an."

"Aber das Beste kommt erst", versprach sie und ließ sich malerisch auf den Sandboden sinken. "Wirklich eine hübsche Einöde haben Sie sich hier erschaffen, Mr. Morton."

"Ich empfange jeden meiner Gäste woanders", verriet er und hüpfte aufgekratzt um sie herum. "Auch, um nicht so leicht von irgendwelchen Hackern belästigt werden zu können."

"Auch?"

"Ja, der andere Grund ist mein steter Drang nach Abwechslung."

"Darin ähneln wir uns", stellte sie wieder lächelnd fest. "Die Idee mit den zwei Sonnen finde ich außerordentlich."

"Ja, früher reiste ich immer der Sonne nach, weil ich ohnehin keinen Schlaf fand." Abrupt blieb er vor ihr stehen. "Das hat sich gebessert."

"Nur die Hitze hätten Sie weglassen können", monierte sie, während sie sich mit einer Hand Luft zufächelte.

"Die ist absichtlich vorhanden, damit ich Ihre Schultern bewundern kann, denn wären wir in polarer Umgebung, trügen Sie einen Pelz."

"Ja, das stimmt."

"Aber genug des Small Talks, nun verraten Sie mir doch das Beste, Mrs. Askin."

"Sie sind alle feuerfest."

"Das hätte ich jetzt nicht vermutet. Aber es hilft, wenn man eine Waffe gegen sie erfinden will."

"Ja, denn Laserguns nützen nicht viel." Verführerisch warf sie den Kopf in den Nacken, die schwarzen Locken umspielten sie wie ein schmeichelndes Tier.

"Und das hat Ihnen alles der Herr Gemahl verraten?"

"Oh ja!" hauchte sie und strich sich eine Strähne zurück. "Er hat es mir ins Ohr geflüstert."

"Trotz Geheimhaltungspflicht?"

Aufreizend spreizte sie die Schenkel. "Wer kann mir schon widerstehen."

"Jetzt tut es mir leid, dass ich wegen Aufpreis auf Geschlechtsorgane verzichtet habe." Betrübt deutete er auf den Zwickel seiner sehr eng sitzenden Hose.

Etwas enttäuscht schloss sie die Knie wieder. "Ja, da haben Sie am falschen Platz gespart."

Sein Gnomgesicht verkniff sich zu einer Fratze. "Das wär's dann. Wie gedenken Sie, sich übrigens zu entleiben?"

Aus einem Absatz ihrer Schuhe holte sie ein Mikro-Fläschchen heraus. "Hierin ist ein wohlschmeckendes Gift."

"Gehört es zur Ausstattung des Avatars dazu?"

"Nicht direkt, gegen Aufpreis kann man sich eine angenehme Todesursache aussuchen."

"Man lernt wirklich nie aus", gab er zu.

18_Abreibung

In der schummrig beleuchteten Bar *Ruskin Devils* traf Frank auf seinen Kameraden, der an der Bar hockte und ihm scheinbar promillemäßig schon ziemlich vorausgeeilt war. Dank globaler Standardisierung hielt jede Bar für ihre Besucher eine alkoholgeschwängerte und doch heimisch-gemütliche Atmosphäre bereit, die schon beim Eintritt zu einer Entspannung des Vorsatzes, nüchtern bleiben zu wollen, führte.

"Na Sam, ist deine illustre Karriere als Vollzeitbesamer schon vorbei?", ätzte er in dessen Richtung.

"Nein, ich saufe nicht aus Frust, eher aus Furcht vor dem zweiten Einsatz auf dem Horrorplanet."

"Sam, wenn du dich nicht in der Verfassung fühlst, mitzukommen, dann bleib hier. Es gibt noch einige gute Leute aus der Ersatzmannschaft."

"Wo denkst du hin, ich kann dich doch nicht allein mit diesem Greenhorn lassen. Soll ich lieber mit dir auf K4 runtergehen?" Er drehte sich bei der Frage auf seinem Barhocker um, damit er das an einer silbernen Stange tanzende Go-Go-Girl besser sehen konnte, das zu den Klängen des neuesten Hits die akrobatischsten Verrenkungen vollführte. Eine Schwade ihres schweren Parfums verteilte sich bei jeder Bewegung in der Bar.

"Nein. Den Landgang mache ich wie vorgesehen mit Kit und da werde ich ihm noch einiges beibringen können." Frank schenkte dem dunkelhaarigen Girl in ihren knappen roten Shorts und dem durchsichtigen weißen Top keine Beachtung. "Warum ist Kit nicht hier? Hast du ihn schon vergrault?"

"Er wollte nicht mit mir auf einen Drink mitkommen, weil-"

Der Barkeeper - ein Mann in einer gestreiften Livree - unterbrach mit der Frage an Frank, was dieser trinken möchte.

"Einen Zombie auf Eis."

Virtuous mixte der Barkeeper 5 cl Mars-Rum, 1 cl Brandy, 1,5 cl Kirschlikör, 4 cl Ananassaft, 3 cl Orangensaft, 2 cl Limettensaft in einem Shaker und leerte die Flüssigkeit schwungvoll in einen hohen Becher mit zwei Eiswürfeln.

"Danke!" Frank kippte die Hälfte in einem Zug hinunter und schmatzte genüsslich.

"Sieh dir die Süße an der Stange an. Da wird mein Herz zum Schlagzeug."

"Ich hab' was Besseres daheim."

"Ich leider nicht. Die Brüste von der sehen so echt aus."

"Wo waren wir stehengeblieben?", fragte Frank unbeirrt.

"Was? Ach so. Bei Kit, der nicht hierher mitkommen wollte, weil er angeblich noch seine Eltern besuchen will."

"Das spricht doch für ihn. Familiensinn ist immer gut."

"Ich halte ihn für ein verweichlichtes Muttersöhnchen, das mit seiner witzigen Art davon ablenken will."

"Sei nicht so streng", tadelte ihn Frank.

"Dass dieser Ypsilon uns unbedingt einen von der neuen Generation aufs Auge drückt, schmeckt mir gar nicht. Der Kleine hat doch null Erfahrung."

"Im Grunde gibt es keinen Unterschied zwischen den Generationen: Jeder Angehörige einer Generation will im Lebenskampf besser als seine Vorgänger und Vorbild für seine Nachfolger sein."

"An dir ist ein Philosoph verloren gegangen, Franky."

"Was anderes: Hast du hin und wieder Nasenbluten?"

"Nasenbluten? Nein, nur wenn mir eine zickige Braut ein Nasenhaar ausreißt, hehe."

"Das wird wohl nicht so oft vorkommen, oder?"

"Kaum, wieso fragst du mich nach Nasenbluten? Hast du damit Probleme?"

"Seit der Rückkehr kam es bisher drei-, viermal vor, aber nur ganz kurz und schmerzlos."

"Du hättest den Helm nicht abnehmen sollen", seufzte Sam und trank sein Glas leer, dann zwinkerte er auffällig dem Go-Go-Girl an der Stange zu. "Die Kleine fährt auf mich ab!"

"Das sagtest du schon einmal, aber es hat sich sonst keinerlei Nebenwirkung gezeigt."

"Was? Ich bin etwas abgelenkt."

"Dass ich den Helm abnahm, hat keine Nebenwirkungen hinterlassen", behauptete Frank etwas lauter als beabsichtigt.

"Na, dann kann's ja nicht zum Tod führen, dein Nasenbluten."

"Den fürchte ich nicht."

"Ich schon, wenn ich im All den Abgang mache, bleibt nichts von mir über. Kinder hab' ich keine. Die Menschheit kann dann nichts mehr von mir genießen."

"Jeder muss mal abtreten, eine Person ebenso wie die Menschheit, die ich ohnehin für ein Auslaufmodell halte."

"Hast du dich deshalb noch nicht mit deiner neuen Frau weitervermehrt, oder weil du schon Kinder mit ihrer Vorgängerin hast?"

"Kinder sind Gäste im eigenen Haus, die sich aber nicht als Gäste benehmen." Nachdenklich massierte sich Frank die Schläfen.

Ein sichtlich angeheiterter Kerl näherte sich ihnen und erkannte Sam.

"Na, wen haben wir denn da?", fragte er hämisch und antwortete sich selbst mit feuchter Aussprache: "Den schmierigen, spritzfreudigen Schmalspur-Casanova von der NASA!"

"Ich arbeite nicht für die NASA, hau ab!"

Der Kerl trug einen dunkelbraunen Leder-Anzug und ein Gesicht, mit dem er Kinder zu Tode hätte erschrecken können. "LASS DIE FINGER VON MEINER FRAU!"

"HAU AB!"

Kaum hatte Sam das gesagt, traf ihn die Faust des missgelaunten Mannes in Leder mitten ins Gesicht.

"LASS DIE FINGER VON IHR", brüllte er mit unkontrolliert fuchtelnden Armen, "ODER ICH BRING DICH UM!"

Sofort erschien aus dem Hintergrund der Security-Roboter der Bar - ein mit Goldfarbe bestrichener Metallmann in der Höhe von 187 Zentimeter - und bugsierte den Randalierer unter dessen lautstarken Protest hinaus. Das Go-Go-Girl tanzte extatisch weiter, als wäre nicht das geringste geschehen.

"ICH KRIEG DICH SCHON NOCH UND ZERMALME DICH!", versprach der Mann in Leder wild grimassierend noch, als er von dem Roboter weggetragen wurde.

Grummelnd wischte sich Sam mit dem Ärmel über sein Gesicht. "So ein blöder Scheißer!"

"Na? Es sieht fast so aus, als hättest du jetzt doch noch Nasenbluten bekommen", ätzte Frank, der die Szene ruhig und distanziert beobachtet hatte.

"Ich hab' genug, ich hau mich in die Falle", kündigte Sam an und schlich sich leicht wankend zum Ausgang.

Frank orderte noch einen zweiten Zombie und dachte bitter: Heut' ist mein 34. Geburtstag und keiner hat mir gratuliert.

Unverhofft stellte sich jedoch noch ein Gratulant in der Bar ein, den er zwar ganz gut kannte, aber sicher nicht dessen Glückwunsch erwartet hätte...

19_Anweisung

"Maurice, wie geht es deiner Verlobten?", erkundigte sich Frank.

"Wem- ach, der geht es super."
Unangenehm berührt wich er seinem Blick
aus.

"Wie heißt sie nochmal?"

Natürlich hatte sich Adjaneff den Namen
nicht gemerkt, den Ivy für sie erfand. "Ich
nenn' sie immer Sweetheart. Wie kommst du
auf sie?" Irritiert lehnte sich er in seinem
Bürostuhl ganz weit nach hinten.

"Weil mir Ivy von ihr erzählt hat."

"Jaja, die Frauen."

"Macht sie dir auch manchmal Probleme?"

"Wer- nein, nein, wir sind ja noch nicht
verheiratet", konterte Adjaneff schlagfertig und
ließ sich wieder nach vorne wippen. "So
dumm war ich noch nicht!"

"Das war jetzt unnötig", blaffte ihn Frank
an, wobei er sich wütend von der Couch
erhob.

"Verzeih mir den Witz, ich wusste ja nicht,
dass zwischen dir und Ivy dicke Luft herrscht.
Vielleicht könnte ich ja vermitteln."

"Vergiss es!"

"Gut, denn auf mich ist sie auch nicht gut
zu sprechen", rutschte ihm heraus.

"Wieso?" Franks Augen funkelten ihn an.

"Nun ja, zuletzt beim Drohnen-Golf, da
kam es zu - wie soll ich sagen -
Unstimmigkeiten."

"Ja, Ivy verliert nicht gern."

"Das hab' ich deutlich gemerkt", sagte er und rieb sich im Gedenken an seine letzte Begegnung mit ihr die Wange.

"Ivy geht es übrigens auch so super wie deiner Verlobten, vor allem, da sie für ihre Entwürfe eine Mille von unserm höchsten Boss kassieren konnte", prahlte Frank stolz.

"Das sind ja erstaunliche Neuigkeiten." Mit einem überraschten Ausdruck machte er eine Pause. "Aber reden wir von Wichtigerem. Dem letzten Training für deinen nächsten Einsatz."

"Ich trainiere doch andauernd."

"Nach dem Malheur mit Jorge müssen wir dir noch eine weitere Notfallübung antun, dann geht's auch schon wieder für dich in die Tiefen des Alls."

"Und die wäre?"

"Warten wir auf die anderen", schlug Adjaneff vor.

"Ich bin gern als Erster informiert", bestand Frank.

In dem Augenblick kamen Sam und Kit dazu, was Adjaneff vor aufkeimendem Streit bewahrte.

"Ihr seid spät, und zwar ganze zwei Minuten und 35 Sekunden. Das mag euch wenig vorkommen, doch da draußen im All kann es eine Ewigkeit sein", referierte er und stand auf. "Ich will aber keine Ausreden hören, sondern gleich auf den springenden Punkt kommen: Es versteht sich von selbst, dass Name und Lage des Planeten weiter geheim bleiben!"

"Warum erwähnst du es dann?" Frank schien heute schlecht gelaunt zu sein.

"Seid ihr schon per du?", wunderte sich Sam, der noch vom Vortag ein geschwollenes Jochbein aufwies.

"Weil wir einen Neuen haben", begründete Adjaneff, ohne auf Sams Frage einzugehen mit Blick zu Kit. "Nachdem uns China schon den Titan und Proxima Centauri b vor der Nase weg okkupiert hat, können wir nicht das kleinste Risiko eingehen! Verstanden, Mr. Barret?"

Anstatt zu antworten, fuhr sich Kit mit einer Hand über den Mund, machte eine Geste, als sperre er ab, und warf dann gekünstelt den imaginären Schlüssel fort.

Zufrieden nickte Adjaneff.

"Muss ich noch was wissen?", fragte Kit.

"Setzt euch!" Nachdem sich alle drei Astronauten in ihren blütenweißen Trainingsanzügen nebeneinander auf der Couch niedergelassen hatten, begann Adjaneff im Auf- und Abgehen weiterzusprechen: "Wir bezeichnen den Planet mit der Abkürzung K4 und sprechen seinen vollen Namen nie aus. Das hat sich mittlerweile zu so etwas wie einem Aberglauben entwickelt. Dem Aberglauben, dass es Unglück bringt, wenn wir ihn beim Namen nennen."

"Weil einer der Unseren auf ihm sterben musste?", fragte Kit.

"Ja, auch darum", gab Adjaneff zu, "aber auch zum Zeitpunkt der ersten Landung gebrauchten wir schon die Abkürzung. Jorges Tod war einfach nur ein Unfall, wenn es auch angesichts der Tragweite unseres Verlustes leicht verharmlosend klingt."

"Tut mir leid, dass ich ihn nie kennenlernen durfte", sagte Kit und verkniff sich die Frage, ob die Zahl 4 in der Abkürzung auf den Zusatzbuchstaben d, welcher der vierte im Alphabet war, oder auf die Anzahl der Exoplaneten hinwies, welche die NSTA schon als ihr Eigentum betrachtete.

"Er könnte noch leben, wenn wir nicht nur zu dritt dorthin aufgebrochen wären", kritisierte Sam. "Jorge starb einen sinnlosen Tod."

"Wir alle sind sterblich und viele erleiden einen noch viel sinnloseren Tod", verteidigte Adjaneff die Firma. "Wenn sie zum Beispiel aus reinem Jux und Tollerei einen Abenteuer-Urlaub auf Enceladus buchen und dort von einem Geysir gekocht werden."

"Bietet unsere Firma nicht genau diese Urlaube an?", forschte Frank.

"Was soll das jetzt werden?" Adjaneff warf ihm einen sehr beleidigten Blick zu. "Willst du mit Schuldzuweisungen dein eigenes Gewissen beruhigen?"

"Ich brauche es nicht zu beruhigen, Maurice, es ist so blütenweiß wie mein Gewand heute und frei von jeglicher Schuld", beeilte er sich, das ausdrücklich festzustellen.

"Wie sieht denn nun unser Training für heute aus?", wollte Kit von der peinlichen Situation ablenken.

Adjaneff blieb vor der hinter seinem Schreibtisch stehenden Bildwand stehen und tippte darauf, worauf ein Satellitenbild von K4 erschien.

"Ist er das?", fragte Kit sichtlich beeindruckt.

"Jawohl, das ist unser Territorium", behauptete Adjaneff mit stolz geschwellter Brust unter seinem grauen Anzug. "Leider hüllt sich unser Zielplanet immer in dichte Wolken und daher hat der Satellit vor seinem Absturz nicht viel mehr als die Region um den Äquator kartografiert, doch das reichte uns ja zu einer geglückten Landung."

"Was hat eigentlich die chemische Analyse der mitgebrachten Steine ergeben?", erkundigte sich Sam.

"Dazu wollte ich später kommen. Zuerst einmal sehen wir hier", begann er mit dem Finger auf einen vergrößerten Bildausschnitt zu zeigen, "einen Ozean und dann hier den Kontinent, welcher ausgesprochen gebirgig ist."

"Gibt es in den Bergen auch Steinböcke?",
wollte Kit wissen.

"Immerhin gibt es dort niederes Gewürm.
Haben wir auch was davon mitgebracht",
erklärte ihm Sam.

"Ich bevorzuge es, erst einmal bei den
grundlegenden Dingen zu beginnen", meinte
Adjaneff, erbost über die Unterbrechungen.
"Die verpestete Atmosphäre lässt darauf
schließen, dass sich vor grauer Vorzeit einmal
eine Zivilisation auf unserem Planeten
befunden hat. Entweder hat sie sich selbst
vernichtet, oder aber ist durch eine
Katastrophe ausgelöscht worden."

"Darf ich fragen, was dich so sicher
macht?", unterbrach ihn Frank.

"Bei der Annahme handelt es sich nicht um
meine private Meinung, sondern um die
Erfahrung unserer weisen alten Männer."

"Wir fanden außer dem Torbogen doch
nichts, was auf eine Zivilisation schließen
lässt."

"Das stimmt wohl, Frank, aber es besagt
nicht, dass die Spuren von denen nicht
irgendwo unter dem Meer sind", zeigte
Adjaneff wieder auf den Ozean, der sich auf
den Bildern ruhig und beinahe schwarz
präsentierte. "Es kann durch eine
Naturkatastrophe zur Verschiebung der Achse
des Planeten gekommen sein, worauf sich das

gesamte Wasser einen neuen Ort gesucht hat."

"Ha, die Sintflut", fiel Kit ein.

"Oder aber, die Bewohner haben die Berge ausgehöhlt und fristeten ein trostloses unterirdisches Dasein, bis ihnen irgendwann die Luft ausging." Adjaneff zuckte die Schultern.

"Etwas weit hergeholt", bemängelte Sam. "Wenn sie hoch entwickelt waren, dann konnten sie sicher die Luft filtern."

"Kann ich Aufnahmen dieses ominösen Torbogens sehen?", stellte Kit eine Zwischenfrage.

"Nein", bedauerte Sam. "Der gesamte Film, den Frank nach seinem Landgang digital auf seiner Speicherkarte hatte, stellte sich als buchstäblich schleierhaft heraus."

"Heißt das, dass überhaupt nichts darauf zu erkennen war?", konnte es Kit nicht glauben.

"Nur ganz hell verschleierte Umrisse", erinnerte sich Sam. "So wie ein überbelichteter analoger Film, der noch dazu falsch entwickelt worden ist. Muss an dem Magnetfeld des Planeten liegen, das unserer Technik manchmal zu schaffen macht."

"Was die Steine betrifft", kam Adjaneff nun zu der von Sam vorher gestellten Frage, "so weisen sie keine Abnormität auf. Das heißt, sie unterscheiden sich nicht von unserem irdischen Gestein, bis auf ein Detail..."

Ob er hier eine Pause machte, um die Spannung zu steigern, oder ob es ihm einfach entfallen war, ließ er sich nicht anmerken. Geschäftig wühlte er in einem Stoß von Papier-Ausdrucken auf seinem Schreibtisch.

"Welches Detail", hielt Kit seine Neugier nicht mehr zurück. "Enthalten Sie ein neues Mineral oder gar einen neuen Edelstein?"

Maurice Adjaneff schien das, was er so eifrig gesucht hatte, endlich gefunden zu haben und wedelte damit kurz herum, ehe er bekanntgab: "Der Härtegrad ist doppelt so hoch wie bei unserem Granit!"

"Das heißt, das Aushöhlen der Berge war Schwerarbeit", folgerte Frank und grinste erst breit, begann dann lauthals zu lachen. "Heheheheee!"

"Was ist denn so komisch?" Sam sah ihn verstört von der Seite her an.

"Nichts, ich stelle mir nur vor, wie diese Ureinwohner mit Spitzhacken die Berge malträtiert haben, um sich eine Wohnhöhle zu basteln."

Adjaneff schüttelte den Kopf. "Natürlich hatten sie, wenn sie hoch zivilisiert waren, dafür genug Maschinen."

"Und vorher?"

"Frank, was soll das? Willst du die Expertenmeinungen anzweifeln?"

"Da fällt mir eine komische Story ein. Weißt du, was der Experte William Thomson, ein irischer Physiker, 1895 behauptet hat?"

"Du wirst es uns gleich verraten", vermutete Kit.

"Flugmaschinen sind schon allein aus Gründen der Schwerkraft unmöglich."

Kit musste kurz laut auflachen. "HAH!"

"Es muss einmal Leben auf dem Planeten gegeben haben, woher sollte denn sonst der Torbogen kommen", begründete Adjaneff, ohne auf diese lustige Anekdote einzugehen, und stützte sich auf seinen Schreibtisch auf.

"Weiß nicht", zuckte Frank die Schultern, "vielleicht von Besuchern wie uns, die sich einfach einen Spaß daraus gemacht haben, ihn einzumeißeln. Oder sie wollten eine falsche Spur legen, um von ihrem eigenen Planeten abzulenken. Oder es handelt sich um deren Hoheitszeichen und bedeutet, dass sie später wiederkommen und daran noch weiterarbeiten."

"Oder es ist ein frühes Kunstprojekt von Gottvater persönlich", witzelte Kit.

"Und das Gewürm?", mischte sich Sam ein, um die Situation wieder sachlich zu gestalten.

"Normales Ungeziefer", befand Adjaneff, richtete sich auf und verschränkte die Arme. "Niedere Lebensformen, die es in extremer Umgebung Millionen Jahre aushalten, ohne sich großartig weiterzuentwickeln."

"Darf ich fragen, vor wie vielen Jahren die Zivilisation dort ausgestorben sein soll?", erkundigte sich Kit.

"Millionen Erdenjahre. Um eine genaue Datierung zu ermöglichen, benötigen wir weitere Fakten über die dortige Natur oder aber die Hinterlassenschaften einer möglichen höheren Lebensform."

"Sollen wir tauchen?", erkundigte sich Kit.

"Ja, das erwarten wir von euch. Geht kein Risiko ein! Ihr braucht nicht extra unter Wasser auszusteigen, aber seht euch genau um da unten, und zwar hier!" Mit einer eleganten Drehung wandte er sich zur Bildwand hinter ihm und deutete mit dem Zeigefinger auf einen Punkt im schwarzen Ozean K4s.

"Warum genau dort?", wollte Kit wissen.

"Genau dort ist der Satellit abgestürzt. Die exakte Position ist schon in der Fähre eingespeichert, aber der Landgang hat natürlich Priorität und vor allem: Stellt mir die Maschine auf!"

"Ist die Maschine den Bedingungen dort gewachsen?", versicherte sich Kit.

"Ja. Und sobald sie arbeitet, gehört der Planet laut internationalem Recht offiziell uns", teilte ihnen Adjaneff mit und zeigte mit beiden Daumen auf sich selbst, obschon er natürlich die NSTA meinte.

"Und keiner kann ihn uns mehr nehmen?", vergewisserte sich Sam.

"Keiner! Weder die NASA, noch die Chinesen, noch sonst irgendwer! Gibt es noch Fragen?" Wartend blickte er in die Runde, in welcher jeder der drei Astronauten stumm blieb. "Gut! Frank, ich muss dich ganz kurz allein sprechen. Sam und Kit ihr könnt gehen. Genießt noch eure kurze Freizeit auf Mutter Erde."

Das ließen sich die beiden nicht zweimal sagen.

"Und die Notfallübung?", forschte Frank nach deren Abgang.

"Training an der Sonde", klärte ihn Adjaneff auf. "*Du* wirst sie betätigen und Kit wird das Lasergun tragen."

"Heißt das, dass mir die Firma nicht traut?"

"Das hat nichts mit Vertrauen zu tun. Kit ist ein ausgezeichneter Schütze."

"Ich etwa nicht?"

"Frank", warnte Adjaneff mit gepresster Stimme. "Wir sind zwar nicht beim Militär, dennoch darfst du einen Befehl von ganz oben nicht infrage stellen!"

"Ach sooo...." Betreten überlegte er, warum Y-MA-Bus das wohl so angeordnet haben sollte.

"Du trainierst noch heute mit der Sonde und morgen geht es ab mit vollem Speed durch den Quantum-Tunnel", versuchte Adjaneff, ihn etwas aufzumuntern.

"Super, ich sehe schon Licht am Ende des Tunnels!"

20_Reise

In Cullens Praxis spazierte Ivy Askin nach einer vorangegangenen Einladung. Wie immer sah sie umwerfend aus, ganz egal, womit sie ihren Traumkörper auch umhüllte. Diesmal war es ein sehr figurbetontes granatapfelrotes Samtkleid.

"Ich habe mir für Sie etwas Besonderes ausgedacht, Ivy", begrüßte sie der Doktor.

"Das ist aber eine erfreuliche Mitteilung."

"Wie wäre es, wenn wir beide eine kleine Reise unternehmen würden?"

"Zum Mond?", fragte sie keck.

"Leider ist mein Fluggerät nicht Alltauglich, ich schlage die Antarktis vor. Obwohl Sie dort sicher schon gewesen sind."

"Nein, ich war in der Arktis und am Zipfel von Südamerika. Wie schön, dann kann ich auch gleich meine neue Bestellung einweihen."

"Bestellung? Haben Sie eine Südpol-Ausrüstung bestellt?", wunderte sich der Doktor.

"Nein, hihi, ich hörte von einer neuen Züchtung. Mutanten von Polarfüchsen und Nerzen werden gehirnlos geboren, nur um dann deren Pelze ernten zu können. Ethisch total einwandfrei."

"So, so!"

"Ja, dann fliegen wir zuerst meinen neuen Pelzmantel abholen und dann nach unten an den Pol."

"Wo ist oben und wo ist unten", sinnierte der Doktor, der sich einen warm wattierten Mantel über den Arm warf und seinen Schwarm zur Tür hinaus begleitete. "Man weiß es nicht so ganz genau."

In seinem Flugvehikel saß sie wenig später in einen herrlichen weißgrauen, gefedert verarbeiteten Pelz gekleidet neben ihm und kam sich wie eine königliche Eroberin fremden Territoriums vor.

"Ach, dieser Mantel fühlt sich so angenehm an. Im Sommer kühlt er und im Winter wärmt er. Dieser Wunder-Pelz ist herrlich weich, fühlen Sie mal, Doktor Cullen."

Mit einer Hand strich er langsam über ihren Oberarm. Dabei verströmte der besagte Wunder-Pelz ein Odeur, das den Doktor am ehesten an einen nassen Hund erinnerte.

"Mhm. Und da seine vormaligen Träger ohnehin nie ein Gehirn hatten, verstößt das Tragen auch nicht gegen die Moral. Welch herrlicher Duft, den Sie da als Parfum tragen."

"Ich trage heute gar kein Parfum, Sie riechen wohl nur meine Pheromone."

"Sie sind eine außergewöhnliche Frau. Apropos Moral. Wie würden Sie Moral eigentlich definieren, Ivy?"

"Hmmm", sie überlegte ein wenig, guckte dabei aus den Sichtfenstern des Flugvehikels, welches gerade über Afrika flog. Unter ihnen zog eine Herde von Büffeln durch die Steppe. "Moral ist ethisch richtiges Verhalten."

"Gut gesprochen", lobte er sie und legte seine Hand wieder auf das Schaltbrett. "Für mich ist Moral die Ableitung universiellen Wissens. Verlieren wir den Kontakt zum Universum, dann verlieren wir auch den Kontakt zu uns selbst."

"Wie philosophisch sich das anhört."

"Was wohl Ihr Mann gerade in diesem Augenblick macht?"

"Höchstwahrscheinlich stapft er irgendwo da draußen durch die Landschaft eines fernen Planeten, den sein Boss als Hinterhof zum Ballspielen haben will."

"Haha, ja, dieser Y-MA-Bus ist ein raffgieriger Patron."

"Ja, der schickt andere auf eine Odyssee, damit er daheim ein feines Leben führen kann", mäkelte sie aufgebracht.

"Apropos Odyssee... Wussten Sie, dass Odysseus nie heimgekehrt ist?"

"Aber ich las das doch bei Homer", sagte sie enttäuscht.

"Es gelang einem Hochstapler auf der griechischen Insel Ithaka einen Sklavenaufstand anzuzetteln, indem er behauptete, er sei identisch mit dem seit 20 Jahren vermissten König. Sogar der Königssohn Telemach glaubte ihm und überzeugte auch seine Mutter Penelope, dies anzuerkennen. Und für Homer war die Geschichte vom Heimkehrer einfach zu schön, um sie durch einen Betrug zerstören zu lassen."

"Das ist ja unverschämt, aber für eine Legende sieht es ja wirklich besser aus."

"Wie sieht es mit Ihrem Leben aus, Ivy? Ihr Mann fehlt Ihnen sicher, oder etwa nicht?"

"Sagen wir einmal so: Wir sind eine Symbiose zwischen Begierde und Vernunft eingegangen, der trotz allem noch Liebe zugrunde liegt, und an der wir wachsen können. Und was werden wir beiden Hübschen am Südpol unternehmen, Doktor? Pinguine füttern?"

"Haha! Es ist eine Freude, Ihr erfrischendes Naturell genießen zu dürfen. Ich habe eine Führung durch die Ruinen einer ehemals bei uns ansässigen hoch entwickelten Zivilisation gebucht", verriet er ihr.

"Sie meinen Außerirdische?" In ihren Augen flammte brennendes Interesse auf.

"Ja, das ist möglich, es können allerdings auch unsere Vorfahren gewesen sein, die sich von dem Planeten hier irgendwann ins All aufgemacht haben, lange bevor wir auf der Bildfläche erschienen."

"Das heißt, unsere Zivilisation war nicht die erste hoch entwickelte?"

"Vermutlich nicht. Doch darüber streiten sich noch die Wissenschaftler. Viel ist von den Relikten dieser Leute leider nicht übrig. Schon vor über 100 Jahren wurde unter strengster Geheimhaltung alles Nützliche ausgebaut und abtransportiert."

"Verstehe, daher sind wir schon technisch so weit fortgeschritten, dass wir jenseits von Zeit und Raum durch Quantum-Tunnel reisen können", erkannte sie.

"Zumindest einige von uns", schränkte Cullen ein.

"Mein Mann hat mir so wenig erzählt, weil er ja ein Schweigegelübde ablegen musste. Und das, was er mir erzählt hat, hörte sich so unglaublich an." Demonstrativ schüttelte sie ihren Kopf und achtete darauf, dass ihre Haare dabei auch attraktiv in Bewegung gerieten.

"Ganz ehrlich, Ivy, er hat Sie angeschwindelt." Cullen prüfte mit kurzem Seitenblick, wie sich seine Worte auf sie auswirkten.

"Woher wollen Sie das wissen?" Empört wandte sie sich ihm zu und näherte sich ihm mit ihrem Gesicht, wobei ihm wieder dieser Duft nach nassem Hund in die Nase kroch.

"Er hat es mir gegenüber zugegeben. Er tat es, um Ihre Neugierde zu befriedigen."

"So ein Halunke!", schimpfte sie und drehte ihren Kopf weg, den Mund verärgert verkniffen, den der Doktor so gerne geküsst hätte.

21_Annäherung

"Da ist er", freute sich Frank. "Der Ort, dem meine tiefste Sehnsucht galt."

"Du hast dich hierher zurückgesehnt?", konnte es Sam, der gleich neben ihm auf der Brücke im Mutterschiff saß, eingedenk all der Schwierigkeiten, die dort überwunden werden mussten, nicht fassen.

Noch waren sie einige Lichtsekunden vom Zielplanet entfernt, der wie ein schmutziggrauer Ball auf schwarzem Samt vor ihnen lag.

"Das muss eine Hass-Liebe zwischen uns sein", schätzte Frank.

Wenige Minuten später erkannten sie die aufgewühlte Atmosphäre: Wolkenschleier in allen Grauschattierungen, die seltene Risse zeigten, wo sich elektrische Entladungen abspielten, die grelle Blitze erzeugten.

"Mein eingebauter Detektor für Probleme geht hoch, WUHUU!", rief Kit mit gespielter Euphorie aus. "Der ganze Planet ist uns feindlich gesinnt."

"Wie kommst du darauf?", erkundigte sich Sam wie beiläufig und drehte den Kopf nach hinten. "Du warst doch noch nie hier."

"In mir steigt gerade dasselbe Gefühl hoch, das ich bei meinem missglückten Anflug auf den Mond hatte. Die Fähre traf im falschen Winkel auf und landete direkt auf der Einstiegsluke."

"Das nenn' ich Pech", sagte Frank. "Aber wie wir wissen, bist du gerade noch mal davongekommen."

"Die Zahlen, die mir der Bordcomputer liefert, ergeben keinen Sinn", beschwerte er sich.

"Was zeigen sie denn an?", fragte Sam.

"Dass wir besser umkehren sollten. Sonst könnten wir leicht wie Jorge für immer hierbleiben müssen."

"Du kanntest ihn doch gar nicht", zischte Frank.

"Nein, aber ich nehme immerhin seinen Platz zwischen euch ein, das verbindet mich mit ihm."

"Negativ!", beeinspruchte Frank. "Du bist nur sein Ersatzmann, nicht mehr."

"Na, irgendetwas werde ich wohl besser können als er", behauptete Kit mit einem Anflug von Aggressivität.

"Ja, du kannst besser schlechter navigieren als er", scherzte Sam.

"Schluss mit dem Palaver", fauchte Frank. "Mach eine ordnungsgemäße Meldung, Barret!"

"Auf meinem Schaltpult flackern auf einmal zwei rote Lämpchen auf", berichtete er launig. "Und zwar jenes für die Landungsstelle und jenes für die klimatischen Verhältnisse."

"Ist ja was ganz Neues", ätzte Frank. "Die zu hohe CO_2-Belastung war uns immer schon bekannt. Und die Landungsstelle ist dieselbe, wie voriges Jahr, felsig und nahe einer Schlucht, doch im Vergleich zum Rest der kargen Landschaft immer noch die aussichtsreiche!"

In dem Augenblick begann vor ihnen die Wolkendecke von Kapteyn d zu pulsieren, fast so, als würde ein Gebläse von unten sie durcheinanderwirbeln. Die bleigrauen Wolken gestalteten sich in seltsame Gebilde, in denen man auch mit wenig Fantasie alle möglichen Dinge erkennen konnte. Eine Skyline von Hochhäusern wechselte sich mit einer Elefantenherde ab, die sogleich in einige Atompilze verschmolz, aus denen auf einmal antike Ozeandampfer fuhren, die zu einer Schafherde mutierten.

"Das ist ja gruselig", stellte Sam fest.

"Ich halte hier alles für die Nachwelt fest", berichtete Kit, der sich das Spektakel auf seinem Monitor betrachtete, von dem er alles auf die Speicherplatte bannte. "Man könnte

meinen, ein Staubsauger reinigt den Boden
und bläst den ganzen Dreck in unsere
Richtung."

"Der Sturm kommt zur falschen Zeit",
ärgerte sich Sam. "Wir sollten einen andern
Landeplatz suchen."

"Negativ", herrschte ihn Frank an. "Wir
landen HIER, wo Jorge sein Leben lassen
musste. Wo ein Torbogen uns Rätsel aufgab,
wo wir noch etwas zu erledigen haben."

"Dann müssen wir warten!"

"Sam, die Landefähre ist für
atmosphärische Störungen gerüstet!"

"Frank! Das sind nicht nur kleine
Störungen in der Atmosphäre, das sind die
Auswüchse eines veritablen Hurrikans."

Wie um Sams Bedenken zu untermauern,
bildete sich vor ihren Augen plötzlich ein
Wirbel, der in allen Nuancen der Farbe Grau
wie eine sich immer schneller drehende
Spiralscheibe auf dem Planet wütete.

"Das muss ein Albtraum sein", rief Frank
aus, schlug sich, um daraus zu erwachen,
mehrmals gegen die Stirn, was klatschende
Geräusche verursachte.

"Nach wochenlangem Tiefschlaf wäre das
kein Wunder", meldete sich Kit, "aber ich
kann euch versichern, ich bin jedenfalls
hellwach!"

"Das bringt uns den gesamten Zeitplan
durcheinander", ärgerte sich Frank.

"Ja, sieht fast so aus, als wollte uns der Donnergott eine Falle stellen", scherzte Kit.

"Lass uns einfach mitten hineindreschen, Kit. Die Fähre ist stark genug!", sprach ihn nun Frank direkt an, was er bisher nur sehr selten getan hatte.

Kit verstummte, ihm schien der Witz ausgegangen zu sein bei dieser Vorstellung, doch er fing sich schnell wieder und sagte humorvoll, wie meistens: "Mit unserer kleinen Sardinenbüchse willst du da durch? Das erinnert mich an all die Irren, die sich in einem Fass die Niagarafälle hinuntergestürzt haben."

"YEP! Eine amerikanische Lehrerin hat das schon 1901 überlebt."

Sam sah ihn von der Seite her an, konnte nicht fassen, was er da hörte. "Vergiss es, Frank! Unsere Technik ist der Naturerscheinung hier nicht gewachsen."

"Und wenn es keine Naturerscheinung ist?"

"Willst du damit andeuten, der Planet ist intelligent und widersetzt sich unserem Besuch?"

"Nein, jemand da unten versucht, uns nur ein wenig Angst einzujagen."

"Ich will euer Geplänkel ja nicht stören", mischte sich Kit wieder ein, "aber ich finde, wir sollten zumindest abstimmen, bevor wir sinnlos zerrupft werden."

Frank schlug sich mit der Faust in die Handfläche und zischte mit unterdrücktem Zorn leise hervor: "Wir konnten 13 Lichtjahre mit unserer Technik in nur drei Monaten überwinden, aber wir sollen nicht imstande sein, diese aufgewühlten Wolken zu durchdringen?"

Sam schüttelte den Kopf und verdrehte zusätzlich noch die Augen: "Der Vergleich hinkt, wie alle Vergleiche. Das wäre so, als würden wir mit einem Glasfaserkabel einen wilden Bison-Bullen einfangen wollen. Manchmal reicht die neueste Technik nicht aus, um die Urtümlichkeit der Natur eines Planeten zu bezwingen."

Um die beiden nicht härter aneinandergeraten zu lassen, prustete Kit heraus: "Haha, könnt ihr euch noch erinnern, wie so ein verdrehter Professor behauptete, dass wir die Leylines, die einige Filamente des Universums verbinden und uns Abkürzungen erlauben, keinesfalls befahren dürfen, weil wir sonst aus der Welt fallen?"

Mittlerweile hatten sie durch ihre Stellung, die sich im Einklang mit der Rotation des Planeten befand, auch noch mit dem nun auftretenden, ungünstigen Lichteinfall von Kapteyns Stern - zur Klasse der roten Unterzwerge gehörend - zu kämpfen. Die von diesem Zentralgestirn ausgehenden Lichtstrahlen, die zwar nur ein Tausendstel an

Leuchtkraft der Sonne besaßen, wurden von der sich rasant drehenden Wolkendecke derart reflektiert, dass sie genau durch die Sichtscheibe des Raumschiffes drangen und die gesamte Brücke in der Art eines gleißenden Scheinwerfers ausleuchteten. Frank und Sam schlossen von dem Licht geblendet schnell die Augen, ehe das Spezialglas automatisch abdunkelte.

Kit betrachtete sich alles durch seinen Monitor gefiltert und wollte die Situation mit einem Scherz entspannen: "Ist heute zufällig Pfingsten? Dann kann das nur der Heilige Geist sein, der uns erleuchten will."

"Verschone uns mit deinem göttlichen Gedankengut", presste Frank durch seine Zähne.

Unruhig fuhr Sams Oberkörper vor und zurück. "Wir müssen aufpassen, die unvorhersehbaren Gaseruptionen von dem Stern können die Leuchtkraft noch verstärken und womöglich unsere Technik lahmlegen."

"Wackel doch nicht so nervös herum", kritisierte ihn Frank. "Bist du schon am Ende deiner psychischen Belastbarkeit angekommen?"

"Immerhin brauche ich keinen Psychiater!"

"Suchst du Streit mit mir?"

"Immer mit der Ruhe, Freunde", versuchte Kit, die Lage zu kalmieren. "Wir drehen einfach noch ne Runde."

"Soweit ich weiß, bin immer noch ICH Befehlsgeber", bestand Frank Askin auf seiner Autorität und richtete sich in seinem Sitz hoch, sodass es schien, er wachse um einige Zentimeter empor.

Da auf einmal - beinahe wie auf Knopfdruck - beruhigte sich das unfreundliche Wetter und die Wolkendecke lag wieder ruhig und einladend vor ihnen. Das Grau wurde vom Sonnenlicht in bleiches Wollweiß getaucht.

"Mann, das sieht ja fast so aus wie bei uns auf Mutter Erde", bemerkte Sam.

Frank rieb sich die Augen, die vom Lichteinfall noch etwas irritiert waren. "Oder wie eine Fata Morgana, die uns ins Verderben locken will."

"Jetzt habe ich jedenfalls nichts mehr gegen eine Landung einzuwenden", stellte Sam fest.

"Heißt das, DU willst mit Frank auf den Planet runter?", fragte Kit mit hörbarer Enttäuschung.

"Nein, ich meinte, ich habe nichts mehr gegen EURE Landung. Aber tut mir einen Gefallen und bleibt am Leben, denn ich will nicht ganz allein nach Hause zurückfliegen!"

"Wir wollen hier sicher nicht unsere Zelte aufschlagen", versprach ihm Kit.

Bei dem letzten Satz des Gesprächs waren sie bereits allein auf der Brücke, da Frank schon auf dem Weg zum Materialraum war, um sich den Raumanzug anzuziehen. Das nutzte Sam, seinem jungen Kollegen noch einen Rat mit auf den Weg zu geben.

"Pass gut auf dich auf, Kit, weil unser Befehlsgeber scheinbar übermotiviert ist."

"Ist er das immer im Einsatz oder hängt das mit seinem letzten Besuch hier ab?"

Wissend nickte Sam: "Genau so ist es: Er hat den Helm abgenommen und war kurz der Atmosphäre ausgesetzt. Seither stimmt mit ihm was nicht."

"Und das sagst du erst *jetzt*?", konnte er es nicht fassen. "Hättest du nicht darüber ganz offiziell Meldung erstatten sollen?"

"Ja, hätte ich, habe ich aus Kameradschaft eben nicht getan."

"Hoffentlich müssen wir das nicht beide noch bedauern!"

"Die zahlreichen Untersuchungen haben bei ihm keine physischen Schäden ergeben und auch sein Psychiater hält ihn für psychisch fit."

"Aber ganz traust du dem Ergebnis nicht, was Sam?"

Sein Blick sprach das aus, was sein Mund schamhaft verschwieg.

22_Beeindruckt

"Das ist ja epochal", flüsterte Ivy, die Arm in Arm mit dem Doktor durch ein sich öffnendes überdimensionales Portal schritt.

Dunkles Material, ähnlich schwarzem Basalt, doch von leuchtender Konsistenz bildete den Baustoff einer riesigen Halle, wie man sie früher als Hangar für heute längst ausrangierte Großraumflugzeuge baute. Die Temperatur änderte sich beim Reingehen fühlbar in angenehme 25 Grad Celsius, während draußen antarktische Minusgrade herrschten. Die Wände zeigten keine Bearbeitungsspuren, der Fußboden aus demselben Material dämpfte die Schritte, selbst Ivys glockenhelle Stimme erzeugte kein Echo. Große Türen öffneten sich nach und nach und keine davon zeigte Griffe oder Schalter. Ein normaler Mensch kam sich hier klein und unwichtig vor.

"Wer mag das gebaut haben?", fragte Ivy. "Und warum haben die Erbauer ihr Werk einfach wieder verlassen?"

"Das wollten viele Wissenschaftler auch herausfinden, einer wurde dabei wahnsinnig."

Geschockt blieb sie stehen. "Haben Sie ihn behandelt?"

"Er war einer meiner ersten Fälle."

"Was hat er Ihnen denn erzählt?" Vertrauensvoll schmiegte sie sich eng an ihn, der üble Geruch ihres Pelzes war hier drinnen nicht mehr zu vernehmen.

"Es war schwer, zwischen seiner realen Wahrnehmung und seinem subjektiven Eindruck zu unterscheiden. Soviel ich mir zusammenreimen konnte, strahlten diese Wände früher so eine Bedrohlichkeit aus, dass eine empfindsame Seele davon zutiefst erschüttert wurde. Das scheint so eine Art Abwehrmechanismus gewesen zu sein, der jetzt nicht mehr aktiv ist, wahrscheinlich, weil jede auffindbare Technik längst entfernt wurde."

"Aber die Türen öffnen sich ja immer noch, also muss noch eine Technik vorhanden sein", kombinierte sie und ging einige kleine Schritte weiter.

"Nein, es steckt keine Technik mehr dahinter, dieses Material ist schon so konstruiert, dass es ohne technischen Antrieb wie gewünscht funktioniert. Soweit sind wir trotz allem Fortschritt noch nicht."

"Wenn ich denke, was Frank erst auf diesem weit von uns entfernten Planeten erlebt, dann graut mir richtig. Ich möchte jetzt bitte gehen."

"Ja, das kann ich verstehen. Es gibt auch außer dem wohl temperierten Raum, der sich bis weit in den Berg hinein erstreckt, nichts zu sehen."

Beide gingen wieder hinaus, und zwar viel schneller als sie hereingekommen waren.

23_Landgang

"Descend! Descend!", dröhnte es monton aus dem Bordcomputer der Fähre. Bildschirm und Sichtscheibe zeigten nur die

Wolkenwirbel, welche beharrlich Widerstand zu leisten schienen, von dem Metallobjekt samt seiner Besatzung durchstoßen zu werden. Die enormen Kräfte der aufgewühlten Atmosphäre stellten hohe Ansprüche an das Material. Das ganze Shuttle erzitterte und die Vibration übersetzte sich auch auf das Menschenmaterial.

"Ich fühle mich wie daheim auf meinem Massagestuhl", versuchte Kit, die angespannte Stimmung zu entspannen, erhielt jedoch keine Reaktion.

Immer neue Wolken versammelten sich in immer gleichbleibender Wucht, gerade so als würden sie extra für diese Gelegenheit geschaffen worden sein.

"Auf meiner Seite leuchten schon alle Alarmlämpchen", versuchte Kit wieder die Aufmerksamkeit Franks zu gewinnen, doch der schwieg eisern, nur sein sich leicht bewegender Unterkiefer verriet höchste Anspannung. "Lange halten das die Hitzekacheln nicht mehr aus."

Einige Minuten später bot sich jedoch freie Sicht auf die Oberfläche von K4 und die Turbulenzen gerieten sofort in Vergessenheit.

"Verdammt", fluchte Frank. der die Landefähre steuerte, "hier sieht es ganz anders aus als letztes Mal."

"Was heißt das?"

"Dass wir nicht wie vorgesehen hier landen können. Zu viele Felsen liegen auf dem Riesen-Plateau herum."

In der Ferne stieß ein Krater dunkle Rauchwolken aus.

"Der Schlot dort war letztes Mal auch nicht aktiv", fiel Frank auf.

"Das muss ein Vulkan sein."

"Hier gibt es keine Vulkane", belehrte ihn Frank und flog einen Bogen.

"Aber wir sehen ihn doch, oder hältst du das dort für einen Fabriksschlot?"

"Keine Ahnung."

"Frank! Ist der Planet bewohnt?"

"Hast du auf den Sensoren irgendein Anzeichen dafür entdeckt, Kit?"

"Nein, wirklich nicht, aber eventuell sind die Bewohner hier anders strukturiert als wir."

Über unwegsames Gelände ging der Flug in immer größeren Kreisen eine Weile weiter, ehe Frank auf dem ersten ebenen Stück des Felsmassivs zur Landung ansetzte.

"Magnetische Störung", dröhnte es jetzt aus dem Lautsprecher des Bordcomputers.

"Das gibt Probleme mit unserer Ausrüstung", prophezeite Kit.

"Bist du Defätist, oder was?"

"Nein, nur ein realistischer Charakter!"

Die Landung klappte problemlos, kaum aufgesetzt, kam die Fähre zur Ruhe und alle Kontrolllämpchen gingen aus, was den

Männern ein Gefühl von Sicherheit vermittelte.

Beide setzten ihre Helme auf und machten sich für den Ausstieg bereit.

"Magnetische Störung", wiederholte der Computer plötzlich seine vorherige Warnung.

"Wir gehen trotzdem raus", befahl Frank.

"Dann funktioniert die Sonde womöglich nicht", gab Kit zu bedenken.

"Ich fliege nicht weiter, wir sind ohnehin viel zu weit von dem Torbogen entfernt. Der Marsch, den wir vor uns haben, kostet uns genug Kraft."

Die Ausstiegsluke öffnete sich scheinbar nur widerwillig, denn auf halber Höhe blieb sie stecken. Frank kroch als erster hindurch und Kit wollte gehorsam folgen. Mit einem Tritt nach oben versuchte er, die Luke dazu zu bringen, sich ganz zu öffnen, was jedoch misslang.

"Lass deine kampfsportlichen Einlagen", tadelte ihn Frank, "und komm endlich raus!"

"Das ist kein gutes Omen."

"Kit! Für Aberglauben ist jetzt weder der Ort, noch die Zeit!"

Ohne den Scherz, der ihm zu der Gelegenheit schon auf den Lippen lag, loszulassen, kroch auch Kit heraus und sah sich skeptisch um. Ein praktisches Teil des technischen Equipments verließ ebenfalls flugs die Fähre.

In schnellem Tempo trabte Frank voran in die Richtung, die ihm aus der Erinnerung bereits bekannt war. Ein Spinnenroboter, der mit seinen acht Beinen sehr geländegängig neben ihm herkrabbelte, trug das ganze technische Gerät, die Sonde und ein Lasergun.

"Meine Kontrollsensoren arbeiten nicht", verkündete Kit hinter ihm. "Weder zeigt mir einer an, ob mein Supply-Kästchen funktioniert, noch wie hoch der Druck hier ist."

Panisch fummelte er sich an seiner linken Brusttasche herum, worin ein Atem-Erfrischer die ausgeatmete Luft in wieder bedenkenlos atembare umwandelte.

"Alles im erträglichen Bereich", beruhigte ihn Frank. "Das sind nur die üblichen Störungen, die hier unsere Technik verwirren."

"Verwirrte Technik? Normalerweise bin ich es doch, der die Witze reißt."

Frank gab ihm keine Antwort mehr.

Über ihnen bildeten sich dunkelgraue Wolken, die zwischendurch leise donnernde Blitze absonderten. Der Weg führte sie auf glatt poliertem Felsgestein zwischen größeren Brocken hindurch. Ab und zu mussten sie auch einen der Felsbrocken überklettern, weil kein Pfad dazwischen durchführte, der breit genug für ihre Körper war. Die Anzüge boten größtmögliche Bewegungsfreiheit und umspielten ihre Träger ganz bequem, da die momentanen Temperatur- und Druckverhältnisse denen auf der Erde vergleichbar waren. Doch mit der Zeit begannen sie zu schwitzen und Frank ging die Puste aus.

"Lass uns hier eine kurze Verschnaufpause machen", schlug er vor und setzte sich auf einen großen Stein, der sogar eine Art von eingekerbter Sitzfläche aufwartete.

"Unsere weißen Anzüge kommen mir vor wie Eiterpickel in der Haut des Planeten", bemerkte Kit, der sich zu Franks Füßen hinsetzte.

Müde ließ Frank sein Haupt auf seine angezogenen Knie sinken. "Ein passender Vergleich."

"Kann es sein, dass Jorge noch am Leben ist?"

"Nein, das ist ausgeschlossen! Erstens reicht die Batterie für den Atem-Erfrischer nicht so lange, zweitens gibt es hier nichts zu essen und drittens-", brach er ab.

"Ja?"

"Hörst du das?"

"Was?", fragte Kit und horchte angestrengt. "Ich höre nichts, außer dem leisen Donner."

"Ich hörte eine Stimme."

"Und was hat sie gesagt?"

"Etwas in einer Fremdsprache, die ich noch nie zuvor gehört habe."

"Das kann nur eine Funk-Interferenz sein", meinte Kit. "Wollen wir jetzt weitergehen?"

"Okay", stimmte Frank zu und erhob sich.

Weiter hetzten sie über Steine, Felsen und zwischen einigen engen Steilwänden der Berge hindurch. Das Licht vom Himmel wurde mal heller, dann wieder dunkler, je nachdem, wie viele Wolken sich über ihren Köpfen gerade zusammenbrauten. Bei dunkleren Wolken schalteten sich automatisch ihre Helmscheinwerfer ein. Der Himmel zeigte sich immer abweisender und zunehmend von dicken Gewitterwolken verdüstert. Dann auf einmal klarte er auf und präsentierte sich einfarbig bleigrau.

"Das Wetter scheint besser zu werden", freute sich Kit. "Ist es noch weit?"

"Nein, da vorne ist schon die frühere Landestelle mit dem Torbogen", verriet Frank und beschleunigte sein Tempo. "Endlich! All die Steine und Felsbrocken, die hier herumliegen, waren bei meinem letzten Besuch nicht hier."

"Vermutlich von einem Berg runtergekollert", schätzte Kit, der dicht hinter Frank herlief.

"Dann müssen sie aber einen weiten Weg zurückgelegt haben."

"Komisch! Die Steine sehen so aus, als wären sie von einem Steinbruch abgebaut und extra hierher transportiert worden", fiel Kit auf.

"Oh nein!", rief Frank aus und blieb abrupt stehen.

"Was ist denn?" Kit wäre beinahe von hinten mit ihm zusammengestoßen.

"Dort liegt Jorge!"

Tatsächlich lag vor dem Torbogen ein aufgeblähter Raumanzug.

"Er kann unmöglich noch leben", flüsterte Frank entsetzt.

"Natürlich nicht, die Gase der Verwesung haben schon seinen Anzug aufgeblasen."

Frank sah Kit böse an. "Etwas mehr Pietät!"

"Tut mir leid, ich stelle nur das Offensichtliche fest."

Langsam näherten sie sich dem Anzug, der zur Leichenhülle des toten Kameraden geworden war. Bei ihm angekommen sahen sie, dass das Helmvisier beschlagen war. Frank kniete sich neben den Kopf des Toten, die Hand schon zum Öffnen des Visiers ausgestreckt.

"Tu das nicht", warnte ihn Kit. "Er ist tot, du kannst ihm nicht mehr helfen, lass ihn einfach so liegen, bis wir mit der Erkundung fertig sind."

"Ich muss Gewissheit haben", bestand Frank und öffnete mit einem Ruck das Visier.

Beide erlebten eine Überraschung: der Anzug war leer.

"Das gibt es doch nicht", sagte Frank, erhob sich und schraubte den Helm ab.

"Vielleicht läuft hier die Verwesung gründlicher ab als bei uns daheim."

"Aber die Knochen und Zähne müssten doch übriggeblieben sein", wunderte sich Frank, der den Anzug nun an den Beinen packte und kräftig beutelte.

Das Einzige, was herausfiel, war Jorges Plakette an einem Silberkettchen, das er stets um den Hals trug. Frank versuchte es zu lesen, schaffte es jedoch nicht, denn es tanzten ihm die Buchstaben wie kleine Insekten vor den Augen herum.

"Lies du vor, was darauf steht!", forderte er Kit auf und hielt ihm die Plakette vor das Helmvisier.

"Jorge de Campillo 31.1.2084 bis 20.11.2117."

"Das gibt es doch nicht", brach es aus Frank heraus. "Sie haben sogar sein Todesdatum eingraviert."

"Wer sind SIE?"

"Diese verdammten Kreaturen!"

"Welche Kreaturen? Der Planet ist doch unbewohnt!"

"Das denkst auch nur du!"

Da auf einmal sprangen durch die massive Felswand unter dem Torbogen fremde behelmte Gestalten in teils stark schimmernden Anzügen heraus. So als würden sie sich gerade aus dem Nichts materialisiert haben. Immer mehr drangen aus der Steinwand, gaben irrwitzige Schnarrlaute von sich und-

"NEIN!", schrie Frank auf. "GEHT WEG!"

"FRANK!", rief Kit besorgt aus und rüttelte ihn wach. "Du bist eingeschlafen!"

Verdutzt sah ihn Frank an, der immer noch auf dem Stein saß. "Wie lange war ich weggetreten?"

"Keine Ahnung! Höchstens ein paar Minuten."

"Mir kam es wie Stunden vor." Langsam stand er auf.

"Was hast du denn Schreckliches geträumt?"

"Nichts!"

"Aber du hast doch geschrien."

"Ich kann mich nicht mehr erinnern, was ich geträumt habe, das kann ich schon länger nicht mehr."

"Können wir weitergehen?"

"Ja, los geht's!" Schon eilte er voran, als er merkte, dass der Spinnenroboter sich nicht mehr von der Stelle bewegte. Alle acht Beine von sich gestreckt lag er reglos auf dem unwegsamen Boden.

"Den hat's erwischt", kommentierte Kit und trat mit einem Fuß gegen das störrische Gerät. "Kein Wunder bei dieser Steinöde hier."

"Mach ihn nicht kaputt", fuhr ihn Frank an. "Der kostete die NSTA ein Vermögen."

"Geldverschwendung für den Krempel. Der macht keinen Mucks mehr, das muss an den Magnetstörungen liegen. Hier möchte ich nicht einmal begraben sein. Dagegen ist ja unser Mond sogar noch ein Paradies."

"Übertreib' nicht!" Genervt nahm Frank die Sonde an sich, während sich Kit das Lasergewehr umhängte.

"Was ist mit den Maschinenteilen?", fragte Kit.

"Lass sie hier, komm jetzt", drängte Frank.

"Aber wir sollen doch die Maschine zusammenbauen." Bockig blieb er stehen.

"Wir müssen weiter!" Die Stimme von Frank hörte sich drohend an, so als würde er bei einer Befehlsverweigerung handgreiflich gegen seinen jungen Kameraden werden.

Dieser wollte soeben Widerworte geben, doch verschlug es ihm die Sprache bei dem Anblick, der sich ihm nun darbot: Da baute sich eine dunkle Wolkenwand um sie beide herum auf, wie ein undurchdringlicher Wall, eine Mauer aus nicht überwindbarem dunklen Material, das langsam zu pulsieren schien.

Kit wurde unruhig. "Frank, was ist das?"

"Na, Wolken sind's, nur Wasser, das sich in eine Nebelwand verwandelt hat"

"Und was, wenn wir nicht mehr zurück zur Fähre finden?"

"Ich kenne mich hier schon aus. Fast so, als wäre ich hier geboren", murmelte er und durchdrang die Wand, um sicheren Schrittes zu dem Torbogen zu gelangen, den er im Traum schon erreicht hatte.

"Warte auf mich", rief ihm Kit nach und folgte ihm blindlings durch die dunkle wabernde Masse.

Nach einer kurzen Hast standen beide vor dem uralten Kunstwerk. In einer Höhe von knapp über zwei Metern befand sich der Torbogen, den Kit beinahe ehrfürchtig betrachtete. Aus sieben im Halbkreis angeordneten rechteckigen Ziegeln bestand er und wirkte wie ein unfertiges Teil einer in den glatt polierten Fels darunter geplant gewesenen Tür. Doch eine Tür wofür? Hier gab es keine Bauwerke wie Burgen, Festungen, Schlösser oder auch nur simple Steinhütten. Wer hatte diese einfache architektonische Maßnahme gesetzt? Gestrandete Besucher aus dem All, die sich in den Berg einnisten wollten? Solche hätten sicher keine Zeit mit einer Zierde verschwendet, sondern sofort ein Loch gesprengt. Und sollte es hier jemals humanoides Leben gegeben haben, hätte man doch ebenfalls erst ein Loch in den Stein geschlagen und erst am Ende des Ausbaus einer Höhle, eventuell aus Prestigegründen eine Verschönerung des Eingangs vorgenommen.

Kits Gedankengänge wurden von der Ankunft des Spinnenroboters unterbrochen. Mit leisen Geräuschen ihrer zahlreichen beweglichen Scharniere näherte sich die nützliche Transport-Maschine und blieb zwischen ihm und Frank stehen, fast wie ein heimgekehrtes Haustier, das auf Streicheleinheiten wartete.

"Sollen wir hier sie hier aufbauen?", fragte Kit.

"Nein, sicher nicht. Hier wäre der denkbar schlechteste Platz dafür." Frank sah nach unten, konnte jedoch keine Fußspuren entdecken. Der Boden bot allerdings auch kaum Sand oder Staub, in den sich irgendwelche Spuren hätten abdrücken können.

"Dann willst du jetzt mit der Sonde die Felswand-"

Schon unterbrach ihn Frank: "Wir müssen zuerst die Maschine aufbauen, aber auf einem sicheren Platz."

"Den du bei deinem letzten Besuch hier schon ausgesucht hast", folgerte er.

"Komm, wir müssen weiter von hier weg."

Kit folgte ihm zusammen mit dem Roboter, welcher wie ein mechanischer Packesel mit seiner Last auf acht Beinen brav neben ihm hertrabte.

Der Weg, den Frank eingeschlagen hatte, führte sie zwischen einigen eng stehenden Felsen hindurch zu einem größeren sehr ebenen Platz, der ihm für ihr Vorhaben geeignet erschien, wo Frank die mitgeführte Sonde ablegte.

"Roboter: Abladen!", befahl er der Metallspinne, worauf diese ihre vorderen zwei Beine dazu nutzte, sich die Teile der Maschine vom Rücken zu nehmen.

Kit nahm sich das Lasergun von seiner Schulter und legte es vorsichtig beiseite.

Frank begann damit, die Einzelteile zusammenzubauen, wobei ihm Kit behilflich war. Die Arbeit war durch die voreingestellten Klammern in den Maschinenteilen scheinbar kinderleicht.

"Die Bio-Politik für Planeten ist das eigentliche Ziel der NSTA, das hast du doch wohl mitgekriegt, oder nicht, Kit?"

"Klar! Aber zum Terraforming scheint mir das Ding ziemlich mickrig", bemerkte Kit mit Blick auf die noch am Roboter befestigten Maschinenteile. "Das dauert bestimmt eine Ewigkeit, bis die Wirkung spürbar ist."

"Die Entscheidung ist jedenfalls zeitkonsistent", erläuterte ihm Frank während seiner Bautätigkeit. "Sie wirkt nicht nur im Moment, sondern auch zu einem späteren Zeitpunkt optimal. Um das Treibhausgas in einen ökologisch relevanten Rohstoff umwandeln zu können, sind biologische und anorganische Katalysatoren nötig und viel Zeit. Daher nutzen wir diese phänomenale Maschine aus keramischen Werkstoffen mit Chemikalien auf ihrem Trägermaterial, damit der Prozess beschleunigt wird."

"Aha, und wenn der Planet diese Disruption nicht verträgt?"

"Ein Planet verträgt immer wesentlich mehr als seine Lebewesen", rutschte Frank heraus.

Erschrocken unterbrach Kit die Arbeit und rief erbost aus: "Er ist also doch bewohnt, und zwar nicht nur von Gewürm!"

"Ja, aber sie leben unterirdisch."

"Dann werden sie eben hochkommen und die Maschine zerstören!" Nervös schaute er herum, als erwarte er jeden Moment einen Angriff.

"Die Klimaxgesellschaft hier sieht in unserer Technik keine Gefahr", zerstreute Frank seine Bedenken und arbeitete konzentriert weiter.

Noch immer stand Kit untätig neben ihm. "Was macht dich so sicher?"

"Sie töteten Jorge, weil er versucht hat, zu ihnen durchzudringen", verriet Frank nun und schloss die Konstruktion mit dem letzten

Maschinenteil ab. "Fertig! Mission accomplished!"

"Denkst du wirklich, diese Wesen finden sich mit einem Eingriff in ihre Natur ab, Frank? Bei uns gibt es auch nur solange Naturromantik, bis die Mücken stechen, die Bären beißen und die Blitze einschlagen."

"Ah, dein Humor ist wieder da", tat Frank erfreut.

"Lenk nicht ab, sie werden die Maschine zerstören, so einfach wie sie Jorge getötet haben."

"Och, ich bezweifle, dass die hiesige Natur sie überhaupt freiwillig herauskommen lässt."

Mit einem vernehmbaren Klicken schaltete sich die Maschine ein, was Kit kurz zusammenzucken ließ.

"Kit, was ist los mit dir? Schon das Einschalten unserer Maschine lässt dich in Panik geraten?"

Sofort hängte sich Kit das Lasergun wieder um. "Y-MA-Bus bezahlt uns nicht für halbe Arbeit, Frank! Wir müssen sichergehen!"

"Wir haben nur den Auftrag, diese Maschine hier aufzustellen, was wir soeben getan haben", erinnerte er ihn unnötigerweise. "Nicht mehr!"

"Weil du exakte Anweisungen für dich behalten hast. Wozu sollten wir sonst die Sonde mitschleppen, häh?"

"Den Bericht schreibe ich so, dass du nicht davon betroffen bist. Keine Lebensform hinter dem Felsen mit dem Torbogen gefunden, wird darin stehen. Keiner kann uns das Gegenteil beweisen."

"Das sehe ich aber ganz anders!"

"Bist du wild aufs Sterben, Kit? Keiner kontrolliert uns. Wenn die nächste Generation nach uns hier ankommt und das Geheimnis des verfluchten Planeten aufdeckt, sind wir längst Geschichte!"

"Aber ich will nicht posthum zum Versager ernannt werden, oder gar zu einem Feigling!", schrie ihn Kit an.

"Mach aus unserem Einsatz keine Frage der Moral. Außerdem ist ein lebender Feigling immer noch besser als ein toter Held", begründete Frank ganz ruhig.

"Ist das dein Ernst?", fragte ihn Kit fassungslos. "Ich habe dich ganz anders eingeschätzt. Als einen Mann, der um seinen Ruf besorgt ist."

"Wen schert schon dein Ruf, wenn du im digitalen Raum weit weg von den Problemen des Alltags bist?"

"Tsiss! Du verstehst es scheinbar nicht, Frank!", ärgerte sich Kit. "Wir können aus dem digitalen Raum gelöscht werden. So als hätten wir niemals existiert!"

"Kit, wenn wir mit der Sonde den Fels penetrieren, dann wird uns dasselbe Schicksal wie Jorge ereilen. Dann gibt es erst gar keinen Eingang in den digitalen Raum - dieser Hall of Fame der Verstorbenen! KAPIERT?"

"Hast du kein Berufsethos?", höhnte Kit und legte mit dem Gewehr auf ihn an. "Wir suchen nach Leben und bringen einen Beweis dafür mit!"

In diesem Augenblick erhellte sich der Himmel, vorher noch von unzähligen Wolken verdüstert, in einem übernatürlichen Lichte.

Beide sahen hoch und Frank griff sich an den Helm und rief aus: "VERDAMMT! Eine Gaseruption! SAM! SAM! Kannst du mich hören?"

Leise tönte es krächzend in den Helmen der unter einem wahren Leuchtfeuerwerk stehenden Männer: "Es hat - krächz - die Steuereinheit - krächz - erwischt ... ich drifte weg ... Computerausfall! Hört ... mich? Ich-"

Totale Funkstille. Nicht einmal Störgeräusche waren noch zu vernehmen.

"Wir müssen zur Fähre", forderte Frank Kit auf.

"Aussichtslos", erkannte dieser, noch immer mit dem Lasergun auf ihn zielend. "Wenn er abgedriftet ist und wir keinen Funkkontakt mehr haben, können wir das Schiff mit der Fähre nicht mehr erreichen. Außerdem wären wir in dieser Nussschale dem ausgehusteten Plasma ausgeliefert, was die Technik nicht verträgt!"

"Was willst du jetzt machen?", forschte Frank. "Dich den bösartigen Bewohnern ausliefern?"

"Wir erledigen hier und jetzt unseren Auftrag!", stellte Kit mit Nachdruck in seiner Stimme fest. "Gut und Böse sind außerdem nur Urteile, die getroffen werden. Für Bösartigkeit gibt es zudem noch Verwendungszwecke."

"Haha, du denkst, Y-MA-Bus kann sie für seine Armee rekrutieren?"

"Völlig gleichgültig, was ich denke, wir haben klare Anweisungen, die wir ausführen werden", stellte er ganz ruhig fest.

Der Himmel verdunkelte sich wieder geringfügig, was bedeutete, dass sich das von Kapteyns Stern gelöste Plasma schon etwas verflüchtigt hatte. Die Stimmung zwischen den Besuchern auf K4 blieb ebenfalls düster.

24_Einladung

Ivy Askin hatte sich für den zweiten Besuch bei Y-MA-Bus extrem hübsch gemacht, wobei das bei ihrer sehr einnehmenden Physis gar nicht nötig gewesen wäre. Wie aus dem sprichwörtlichen Ei gepellt entstieg sie ihrer Flugscheibe wie weiland die Venus den Schaumkronen des Meeres. In einem meergrünen Volantkleid aus Chiffon, das ihre weiblichen Formen perfekt zur Geltung brachte.

"Herzlich willkommen", begrüßte sie der Hausherr samt seinem Begleiter Lennard an der Pforte seines feudalen Palastes. Beide in der gleichen Kleidung, in welcher sie sich der Besucherin zuletzt präsentiert hatten.

"Wie schön, dass so ein vielbeschäftigter Mann überhaupt Zeit für mich findet", säuselte sie, die sich faktisch selbst bei ihm eingeladen hatte - kühn hatte sie ihm telefonisch weisgemacht, eine Reporterin hätte ihr eine Million für Infos über sein Privatleben angeboten.

"Ich habe für Sie sogar noch schnell meinen Salon umdekorieren lassen", witzelte er und ging ihr voran.

"Da haben wir etwas gemeinsam, Mr. Ypsilon, denn auch ich bin immer wieder bestrebt, meine Umgebung meinen neuen Freunden und meiner aktuellen Laune anzupassen. Aber das muss man sich natürlich leisten können."

"Sprechen wir jetzt nicht über Geld, ich lechze nach einer Unterhaltung mit einer so schönen und überdies noch smarten Frau", lobte er sie und sah sie kurz von der Seite her an, nachdem sie zu ihm aufgeholt hatte.

"Sie sprühen ja förmlich vor Charme, Mr. Ypsilon."

"Ja, er ist ein richtiger Charmebolzen", mischte sich Lennard ein, der hinter ihnen ging. "Und *Sie* sind die Neutronenbombe der Lieblichkeit!"

Ivy ignorierte ihn und bewunderte das ganz in Blutrot gestaltete neue Ambiente des Salons, in welchem sie zuletzt eine Million kassieren konnte. "Oh, Mr. Ypsilon, das sieht ja fantastisch aus. So-äh erotisierend!"

"Danke, mir gefällt es auch."

Nachdem er ihr weder Platz noch eine Erfrischung anbot, wollte sie im Stehen zum Grund ihres Besuches kommen: "Wissen Sie, wie schnell Geld sich in Luft auflösen kann?"

"Wissen Sie, dass ich auch Cyborgs konstruiere?", platzte er sprachlich schon in die letzten beiden Worte ihres Fragesatzes hinein.

"Nein, aber ich hörte schon viel von deren Einsatz."

"Ja, demnächst werden diese Cyborgs auch im All öfter zum Einsatz kommen."

"Oh, das wird meinem Mann aber gar nicht gefallen", sagte sie, während sie die Volants ihres Kleides etwas aufwirbelte, um ihre schlanken Beine besser zur Geltung zu bringen.

"Vor allem nicht Ihnen, wo Sie dann nicht mehr von seinem üppigen Gehalt profitieren können", warf Lennard ein.

"Ich verdiene mein eigenes Geld", behauptete sie stolz.

"Ja, das wir auch bezahlen."

"LENNARD", wies ihn Y-MA-Bus streng zurecht. "Bitte benimm dich!"

"Ach, lassen Sie ihn nur, Mr. Ypsilon, ich finde ihn überaus amüsant", piepste sie und tappte mit einem Fuß auf und ab, da sie sich endlich hinsetzen wollte.

"Ich exportiere meine Cyborgs vor allem nach China", verkündete Y-MA-Bus mit hörbarem Stolz.

"Nach China?" Kritisch hob sie eine ihrer schön geschwungenen Brauen. "China will doch eine unipolare Welt mit sich selbst als einziges Machtzentrum."

Ein dünnes Lächeln spielte um Y-MA-Bus' Mund: "China ist wie alle anderen Staaten auf dieser Welt. Unvollkommen mit allen Zeichen menschlicher Fehler, den Symptomen der Eigensucht und Machterhaltung, mit dogmatischen Lehren, verknöcherter Bürokratie, allgegenwärtiger Überwachung, Meinungsmanipulation und penetranter Indoktrinierung."

"Ach, besteht für *Sie* also kein Embargo?", forschte sie ungläubig.

"Für ihn besteht nichts, was seine Geschäfte beeinträchtigt", mischte sich Lennard wieder ein.

"Nein, im Ernst", hakte sie nach. "Ist es für Sie erlaubt, nach China zu exportieren, wo wir uns doch im Wettstreit mit denen befinden?"

"Ach, wissen Sie, hätte ich immer erst um Erlaubnis gefragt, wäre ich noch am Anfang meines Schaffens."

Versonnen nickte sie. "Ja, das ist mir klar."

"Wollen Sie meinen neuesten Cyborg besichtigen, Mrs. Askin?"

"Aber unbedingt."

Erfreut streckte er ihr die Hand entgegen. "Dann kommen Sie mit mir, ich führe Sie zu meinem neuesten Spielzeug."

Mit schelmischen Lächeln streifte sie seine Hand nur und ging an seiner Seite durch den roten Raum hindurch einen langen fensterlosen Flur entlang, an dessen Decke durch Milchglasscheiben weiches Licht auf sie und ihre beiden Begleiter herunter strahlte.

"Ich hörte schon davon, dass diese Cyborgs kalte, skrupellose Maschinen sind, die Tag und Nacht einsatzbereit sind", plapperte sie dahin.

"Vor allem tun sie das, was man von ihnen verlangt, ohne Gehaltserhöhungen zu verlangen", stellte Lennard hinter ihr fest, dessen Schritte man auf dem hellen Fliesenboden nicht hören konnte.

Ivys High-Heels verursachten dagegen ein lautes Klack-klack-klack, das ihre Trägerin irgendwie deplatziert wirken ließ. Außerdem fiel ihr auf, dass dieser Flur einen leichten Neigungswinkel nach unten hatte, was bedeutete, dass sie auf dem Weg ins

Untergeschoss war. Ein flaues Gefühl machte sich in ihrer Magengegend breit, und nicht nur, weil sie noch nichts gegessen hatte.

Ohne weitere Worte gingen sie gemeinsam weiter, bis sie in einen dunklen Bereich vor einer hohen Glaswand kamen, die keine Sicht darauf ermöglichte, was sich dahinter befand. Ein kühler Hauch streifte Ivys Wangen und es fröstelte sie etwas, zudem überkam sie wieder dieses unangenehme Gefühl. Der strenge Geruch von Formaldehyd beleidigte ihre feine Nase, die sich automatisch leicht rümpfte.

"Achtung, ich schalte nun das Licht an, erschrecken Sie nicht, Mrs. Askin", warnte sie Y-MA-Bus vor.

Grelles Licht flammte auf und gab den Blick auf eine nackte menschliche Figur auf einem Operationstisch hinter der Glaswand frei, die eindeutig weiblich war, obwohl Brüste und Intimbereich mit Pflastern abgeklebt waren.

"Ist sie nicht wunderschön?", fragte Y-MA-Bus und legte seine rechte Hand auf das Glas.

Ivy riss ungläubig die Augen auf, gefror förmlich, stand stocksteif vor der Glasscheibe, hinter welcher sie ein exaktes Abbild ihrer selbst erkannte.

"Ihr perfektes Ebenbild", stellte er fest, nahm die Hand wieder vom Glas und schielte dabei zu Ivy, an deren Schock er sich labte.

"Fast! Die intimen Details fehlen ja noch, Brustwarzen und das Andere..."

Nachdem er den Kopf zu ihr gewandt hatte, ließ er den Blick kurz unter ihre Gürtellinie gleiten. Es war wirklich sonnenklar, dass er ihren Austausch durch diesen Cyborg plante.

Lennard tippte ihr kurz auf die Schulter, was sie zusammenzucken ließ, und flüsterte ihr ins Ohr: "Sie kommen uns gerade recht!"

Ein gurgelndes Geräusch entkam ihrer Kehle, nachdem sie mühsam geschluckt hatte.

"Geht es Ihnen nicht gut, Mrs. Askin?", höhnte Lennard.

Noch immer in leichter Schockstarre, schluckte sie nochmals und wandte sich Y-MA-Bus zu, beschwor ihn: "Bitte, sagen Sie, dass das nur ein Scherz ist, Mr. Ypsilon."

Langsam schüttelte er den Kopf, ehe er wie beiläufig verlauten ließ: "Sie sind zu gierig, Ivy, Sie haben Ihren Mann schamlos ausgenutzt und mit seinem Vorgesetzten betrogen, bezirzen sogar seinen Psychiater und dann haben Sie die bodenlose Frechheit besessen, mich zu erpressen."

Daraufhin flehte sie mit untertänig angedeutetem Knicks und gefalteten Händen: "BITTE! Ich tue alles, was Sie wollen."

Hinter ihr entnahm Lennard seiner Brusttasche eine mit gelblicher Flüssigkeit gefüllte Spritze, die er von der kleinen Plastikhülse über der Nadel befreite.

"Sie sind aber nicht mein Typ", erklärte ihr Y-MA-Bus mit gespieltem Bedauern.

Blitzschnell stach ihr Lennard in den Nacken, wobei er still in sich hineinlachte.

Sie riss den Mund zu einem lautlosen "HHHH!" auf, das gleichsam ein tiefer Atemzug war und sank leblos zu Boden.

"Ich finde sie überaus amüsant", äffte er sie nach und lachte lauthals los: "Hähähä-ähuuum!"

"Benimm dich, Lennard", mahnte Y-MA-Bus und zwinkerte ihm verschwörerisch zu.

25_Unterirdisch

Frank stand immer noch von Kit bedroht am selben Platz. Die Maschine arbeitete wie programmiert, machte kaum Geräusche. Die Wolken boten einem gedimmten Licht vom Zentralgestirn Durchlass. Von Sam hörte man nichts, er mochte mit dem Schiff bereits weit vom Planeten abgedriftet sein.

"Kit, glaub mir, es ist besser, wenn wir einen direkten Kontakt mit denen vermeiden. Vor allem für den Weltfrieden."

"Für den Weltfrieden? Was soll das denn heißen?" Kit wähnte sich von Frank auf eine raffinierte Weise abgelenkt.

"Ganz einfach. Denk doch einmal nach, warum die NSTA so genau über die Zivilisation hier bescheid wissen will?"

"Um neue Errungenschaften machen zu können", folgerte er.

"Ja, vor allem im Bereich der Waffentechnik", ergänzte Frank. "Adjaneff hat es in einem Vier-Augen-Gespräch mit mir zugegeben. Erinnerst du dich, dass er euch weggeschickt hat?"

"Und da hat er dir verraten, dass der Weltfrieden in Gefahr ist?"

"Da hat er mir verraten, den vierten Versuch zu starten."

"Was für einen Versuch denn?"

"Den Eroberungsversuch, aber nicht über diesen Planeten weit entfernt von der Heimat."

"Sondern?", tat Kit unwissend, obwohl er ahnte, was Frank ihm gleich offenbaren wird.

"Den ersten Versuch unternahmen die Römer und scheiterten, den zweiten Napoleon und den dritten Hitler."

"Verstehe! Und den nächsten Versuch unternimmt die NSTA und-"

"Genaugenommen Y-MA-Bus!", unterbrach er ihn. "Er wohnt schon wie ein Kaiser! Hast du dir schon einmal auf Google seinen Palast angesehen?"

"Und daraus schließt du, er strebt die Übernahme unseres Planeten an?"

"Das muss ich nicht erschließen, das hat mir Adjaneff, sein treuester Angestellter, anvertraut."

"Warum dir? Weil du auf einmal sein Freund bist?"

"Nein, weil er diesbezüglich auf mich angewiesen ist. Er muss das glauben, was ich ihm erzählte, solange du und Sam nicht das Gegenteil behaupten."

"Frank, nimm es mir nicht übel, aber ich glaube dir nicht. Und ich nehme nicht an, dass du mir gleich eine mitgeschnittene Tonsequenz eures angeblichen Gesprächs vorspielen wirst."

"Das kann ich leider nicht. Ich appelliere an deinen Verstand. Denkst du denn wirklich, es interessiert Y-MA-Bus, ob hier in 50 Jahren einmal unsere Nachkommen siedeln?"

"Ich denke, er wird einen Weg finden, es schon früher bewerkstelligen zu können."

Enttäuscht wandte sich Frank ab und sagte leise: "Vorhin hast du noch an der Effektivität der Maschine gezweifelt."

"Nach all dem Aufwand, den er schon betrieben hat", mutmaßte Kit, "wird er schon in zehn Jahren wieder ein Schiff hierher schicken und sich von der geleisteten Arbeit seiner Maschine überzeugen."

"Den Teufel wird er tun! In zehn Jahren hat er die gesamte Erdbevölkerung von seiner Technik abhängig gemacht und jede Konkurrenz wie auch immer ausgeschaltet. Kapier es doch endlich!" Mit einer Drehung wandte er sich seinem störrischen Kameraden wieder zu.

Doch der hielt unverwandt das Lasergun auf ihn gerichtet. "Es ist zwecklos, Frank! Du kannst erzählen, was dir gerade einfällt, aber wir gehen beide jetzt zu diesem Torbogen und du wirst ihn mit der Sonde penetrieren!"

"Du bist ein gehorsamer Söldner deines Herrn. Also gut, gehen wir von mir aus", stimmte Frank nolens volens zu, nahm die Sonde und machte sich schweigend auf den Weg zu dem Torbogen.

Dort angekommen begann Frank, ohne weiter mit ihm zu diskutieren, vor Kit stehend die Sonde in Betrieb zu nehmen. Langsam zog er die Antenne heraus, schaltete auf Maximum und richtete den mikrofonartigen Teil auf sein Ziel aus. Leise Summ-Geräusche wurden immer lauter. Als sie die nötigen 66 Dezibel erreicht hatten, begann der massive Fels unter dem Torbogen zu pulsieren. Es wirkte beinahe so, als schmelze er, doch wurde er nur durchlässig und nahm eine puddingartige Konsistenz an.

"Jetzt", rief Frank aus und tauchte darin ein, worauf ihm Kit unmittelbar danach folgte.

Die Summ-Geräusche verstummten und der Felsen hinter ihnen nahm schlagartig wieder seine steinharte Form an. An ihren weißen Anzügen sah man nur vereinzelte kleine Steinkrümelchen, die während des Durchtauchens in die erweichte Masse hängengeblieben waren. Keiner putzte sie sich ab, denn sie waren völlig von dem eingenommen, was sie sahen. Es beeindruckte sie.

Sie standen in einer riesigen Höhle aus rotem Gestein, das an einigen Stellen mit tiefem Purpur gefärbt worden zu sein schien. Die Wände fluoreszierten und gewährten freie Sicht in diverse Stollen, sodass die Helmscheinwerfer obsolet wurden.

"Wow! Ist das Eisenoxid?", fragte Kit, beeindruckt von dem, was er wahrnahm.

"Nein, Eisenoxid sieht anders aus", antwortete Frank, welcher krampfhaft überlegte, wie er seinen renitenten Kameraden entwaffnen könnte.

"Schon komisch, ich fühle mich hier einerseits geborgen, andrerseits umfangen und einsam ausgesetzt."

"Begreif doch, wir haben uns wissentlich in ein Gefängnis begeben", raunte Frank, dessen Herzschlag sich beschleunigte.

"Du brauchst doch nur die Sonde zu bedienen."

"Das ist die Frage: Funktioniert sie auch, um hier herauszukommen?"

"Wir sind damit hereingekommen, also kommen wir auf demselben Wege wieder heraus."

"Du hast keine Ahnung!"

26_Parasitär

Bei Dr. Cullen auf der Erde ging alles seinen gewohnten Gang. In seinem Turm saß er vor seinem Computer und besah sich die Fotos von Ivy Askin. Es war ihm mittlerweile zu einem Ritual geworden, seinen Tag damit zu beenden. Mit dieser Augenweide einer Frau, die er zu gern besessen hätte. Leider hatte sie ihn bei ihrer letzten Begegnung in einer Ausstellung kaum eines Blickes gewürdigt. Das zehrte nicht nur an seinem Ego, sondern erschütterte auch seinen Glauben an seine Hypnose-Kenntnisse. Was hatte er nur falsch gemacht, es schien doch alles klaglos zu klappen, sie war am Südpol so liebenswürdig wie ein verliebter Pinguin zu ihm gewesen, und wenige Tage später nur noch eine abweisend desinteressierte Eisbärin. Als er sie ansprach, fragte er sie, ob sie nochmals mit ihm verreisen würde, doch sie antwortete, ihr knapper Zeitplan erlaube das wirklich nicht. Wie schade, hatte er gesagt, er habe von ihr eigentlich erwartet, begeistert zuzustimmen, worauf sie nur meinte: *Die Erwartungen anderer, wer man zu sein hat, wachsen manchmal fast zu einer Person, die man denkt zu sein, doch ist man es nicht.*

So konnte er nur ungestört von ihr träumen. Er kam sogar auf die Idee, die virtuelle Praxis eines Beauty-Docs aufzusuchen, um sich über etwaige kleine

Optimierungen seines Körpers zu informieren. Doch noch bevor er sich in die digitale Nachtsprechstunde begeben konnte, erreichte ihn ein dringender Anruf, den sein Computer mit weiblicher Stimme ankündigte.

"Ein Express-Gespräch für Sie, Herr Doktor. BITTE ANNEHMEN!"

"Durchstellen! - Was gibt es?"

"Dr. Cullen, entschuldigen Sie die späte Störung. Mein Name ist Jesse Smithsonic, vom Labor Y-MA-Bus." Auf dem Bildschirm wirkte er wie ein Musterschüler in einem weißen Kittel mit braver Frisur.

"Ja, Sie testeten doch das Blut eines meiner Patienten, wenn ich mich nicht irre."

"Jawohl und genau darum geht es. Im Blut von Mr. Askin hat sich etwas verändert."

"Wie meinen Sie das?"

"Die Blutanalyse ergab kurz nach Austestung ganz normale Werte. Doch ein Routinecheck heute hat etwas Alarmierendes in der Blutprobe Askins ergeben."

"Hat es sich zersetzt? Krebsverdacht?"

"Nein, es ist noch viel schlimmer", führte Smithsonic aus und ließ auf dem Bildschirm neben sich eine Grafik erscheinen. "In Askins Blut scheint sich ein parasitärer Einzeller gebildet zu haben, der sich von den Blutplättchen ernährt."

"Sprechen wir hier von einer Thrombozytopenie?"

"Nicht ganz. Der Einzeller ersetzt die Thrombozyten durch einen Stoff, den wir noch nicht einordnen konnten."

"Und wie verhält sich das Blut jetzt?"

"Augenscheinlich normal, doch die Laborwerte zeigen deutlich eine Veränderung und natürlich den Einzeller. Hier sehen Sie ihn stark vergrößert."

Auf dem Bildschirm zeigte sich eine Art von Bärtierchen, das allerdings in der Mitte tailliert und am Kopf mit Hörnern bestückt war. Die Mundpartie glich einem Stachel.

"Welch ekelhafte kleine Kreatur, sieht aus wie nicht von dieser Welt."

"Sie haben es erfasst, Doktor!", nickte ihm Smithsonic wieder auf dem Bildschirm sichtbar zu. "Er muss es bei seinem letzten Außeneinsatz irgendwie eingeatmet haben. Meine Frage an Sie lautet nun: Haben Sie irgendeine Veränderung in seinem Verhalten festgestellt?"

"Hm, eigentlich nicht. Außer seiner PTSD zeigte er nur eine leichte Form von Paranoia."

"Wie äußerte sich die?"

"Oh, rein privat, er verdächtigte seine Gattin, gegen ihn einen Mordplan zu hegen, doch das konnte ich ihm ganz ohne Medikamente wieder austreiben", ließ Cullen nicht ohne Stolz verlauten.

"Uns interessiert naturgemäß, wie er mit diesem Parasiten im Blut beruflich reagieren wird."

"Schwer zu sagen. Wenn Sie den Einzeller erst jetzt feststellen konnten, dann heißt das, dass er vorher noch inaktiv war. Wie dieser Parasit nun seinen Wirt zum Handeln treibt, kann ich unmöglich voraussagen. Ich fürchte nur, Askin hat seine Frau angesteckt."

"Wie kommen Sie auf diese Idee?"

"Ich sah sie letztens zufällig und sie verhielt sich mir gegenüber ganz und gar atypisch."

"Interessant."

"Ich schlage vor, Sie laden sie zu einem Gespräch vor und testen dabei ihr Blut, vergleichen es mit der Blutprobe ihres Mannes und geben mir danach bescheid."

"Danke für den Hinweis. Over."

Der Doktor ließ sich in seinen bequemen Sessel zurückfallen und überlegte, einerseits erleichtert, dass es nicht an seiner Hypnose gescheitert ist, Ivy nicht näherkommen zu können, sondern an einem simplen kleinen Untier in ihrem Blut.

Diejenige, an die er so hingebungsvoll dachte, erwachte langsam. Kälte kroch an ihrem Körper hoch, ein Lecken über ihre Lippen ließ sie Blut schmecken, so als hätte sie sich vor dem Einschlafen noch auf die Zunge gebissen. Und einer ihrer Vorderzähne hatte sich gelockert und ließ sich mit der

Zunge vor und zurück bewegen. Irritiert schlug sie die Augen auf und sah nur Dunkelheit - eine Schwärze, die sie von daheim gar nicht kannte -, fühlte Schmerz und bekam eine Gänsehaut. Sie wollte sich aufrichten, schlug aber mit dem Kopf gegen ein kaltes Hindernis. Benebelt legte sie sich wieder flach hin und überlegte fieberhaft, durchforstete ihr Gedächtnis.

OH NEIN, dachte sie voller Entsetzen, SIE HABEN MICH LEBENDIG BEGRABEN! Oder ist ihnen nur ein Fehler unterlaufen und ich war scheintot? Was ist passiert? Wann und wo bin ich zuletzt aufgewacht?

Blitzartig kamen albtraumhafte Erinnerungen zurück: Hilflos auf einem Operationstisch liegend - nach einem irren Schmerzreiz aufgewacht - Angst - Lennard gesehen, wie dieser eine ihrer Brustwarzen mit einer großen Pinzette aus ihrem Körper reißt - lachend - mit Mr. Ypsilon scherzend.

"Sieh sie dir an, Busy, so schnell vergeht Schönheit!"

Verängstigt gesehen, wie er mit dem Skalpell in der andern Hand auf sie zeigt - PANIK! - lauter Schrei - ihr eigener - Mr. Ypsilon presst ihr eine Atemmaske auf Mund und Nase - Geruch einer scharfen Substanz - hilflose Hoffnungslosigkeit - gnädige Ohnmacht!

Aber warum lebe ich überhaupt noch? Bin ich in einem Sarg? Ich bin ja nackt!

Mit zitternden Händen erkundete sie ihren gemarterten Körper. Auf den Brüsten klebten Pflaster, ebenso zwischen ihren Beinen. Dann erforschte sie ihr enges Gefängnis aus fühlbar kaltem Stahl. Das darf kein Sarg sein, nein- NEIN, wünschte sie inständig und dann fiel ihr ein, was es sein könnte: Eine Schublade in einem Leichenschauhaus.

Nein, die beiden Verbrecher können mich doch nicht in ein staatliches Leichenschauhaus gebracht haben, ich bin immer noch im Labor von Y-MA-Bus' Palast. Mein Körper, oder vielmehr das, was noch davon übrig ist, liegt in einer Schublade aus kaltem Stahl. Meine Brustwarzen und die Klitoris fehlen und zieren nun einen Cyborg, gefertigt nach meinem Ebenbild, der jetzt MEIN Leben lebt! NEIN, DAS KANN NICHT WAHR SEIN, ICH TRÄUME DAS NUR! Aber wenn es nur eine Schublade ist, dann kann ich vielleicht daraus entkommen. Wie ist das überhaupt möglich, in einem kalten Schubfach zu überleben, oder hat man das ermöglicht, um diesem Verrückten noch weitere Freude an meiner Qual bereiten zu können? Ist er nekrophil und will- oh, ich fühle wieder Schmerz - er kommt in Wellen.

KRACH! Erschrocken hörte sie das Geräusch von einer Schublade über ihr, die gerade schwungvoll geschlossen wurde. Dumpf tönte der Ton einer männlichen Stimme an ihre Ohren, die sie nicht kannte.

"So, ich mache Schluss für heute! Kommst du noch auf einen Afterwork-Drink?"

Was der oder die Angesprochene antwortete, konnte sie nicht verstehen, da sich die Stimme entfernte. Mühsam hantelte sie sich stattdessen an dem Stahl direkt über sich mit den Händen entlang, presste sie mit aller Kraft gegen den Widerstand der Schublade, in welcher sie lag, und konnte dadurch deren langsame Öffnung bewerkstelligen. Vorsichtig streckte sie den Kopf hoch, und sah erneut nur Dunkelheit. Unter Schmerzen stützte sie sich auf, umfasste die Kanten der Schublade und wand sich stöhnend heraus. Endlich erfasste sie der Bewegungsmelder und schaltete das Neonlicht an. Geblendet sah sie auf ihre nackten Füße herab, welche den kalten Fliesenboden berührten. Wenn man sie erwischte, war sie verloren, schoss ihr durch den Kopf. Schnell tapste sie zur Tür, öffnete sie einen Spalt und sah nur wieder Dunkelheit. Beherzt trat sie aus dem Kühlhaus und das Licht in einem langen Flur schaltete sich ein. Nach einigen Metern des an der Wand Schleichens kam sie endlich zu einer Toilettentür. Dahinter befand sich ein großer Waschraum, welcher zum Glück menschenleer war, und sie eilte rein, zu einem der Spiegel hin, wo sie erschrocken in ihr eigenes Antlitz starrte.

Umrahmt von zerrauftem Blondhaar präsentierte sich ihr Gesicht in einer fahlen Farbe. Ihr Eyeliner war total zerlaufen und hatte sich unter den Augen abgesetzt. Aus ihrer Nase lief ein dünnes Rinnsal Blut. Schnell wusch sie sich mit kaltem Wasser das Gesicht und fühlte sich erfrischt und etwas besser. So nach und nach erwachten nicht nur ihre Lebensgeister, sondern auch ihr Kampfgeist. Dieser Y-MA-Bus und sein Geliebter würden ihr das büßen müssen, aber zuallererst musste sie hier heraus und das würde nicht einfach werden. An einem der Waschbecken hing ein weißer Laborkittel. Zuversichtlich griff sie danach und wollte ihn sich schon anziehen, doch schreckte davor zurück: Es verunzierte ihn ein großer Blutfleck an der Vorderseite.

Wahrscheinlich sogar von meinem eignen Blut, dachte sie bitter, besser als gar nichts, ich ziehe ihn trotzdem an.

Lautes Scheppern wurde hörbar. Da es in diesem Waschraum etwas schmutzig war, erwartete sie, dass jetzt die Putzbrigade auftauchte. Bei Y-MA-Bus' Vorliebe für Roboter-Technik, konnte sie sicher sein, dass bei der Reinigungsaktion nur Roboter Hand anlegen würden, versteckte sich dennoch hinter einer der WC-Türen. Schon flog die

Eingangstür auf und zwei Roboter traten ein. Es handelte sich dabei um etwas ältere Modelle, sogenannte Eisenmänner in der Höhe von 165 Zentimeter, die jedoch ein Gesicht aus Plastik und eine Zipfelmütze trugen, die sie ein wenig größer erschienen ließ. Mit der Grandezza einer eifrigen menschlichen Putzfrau machten sie sich sogleich an die Arbeit.

Dieser irre Mr. Ypsilon hatte einen ganz seltsamen Humor, verpasste seinen Saubermach-Robotern Zwergen-Image, konnte sie es nicht fassen. In ihrem Wagen hatten die Reinigungszwerge allerlei Putzmittel und Lappen dabei. Hektisch durchsuchte sie die Flaschen auf etwas für sie Brauchbares und fand eine Sprühflasche mit Bleichmittel, das sie in der Not als Waffe verwenden konnte. Zu gern hätte sie Lennard damit geblendet. Dann griff sie sich einen sauberen grauen Lappen und drapierte ihn sich als Turban über den Kopf. Mit der Flasche in der Hand und dem neuen Hut auf ihrem Kopf machte sie sich auf die Suche nach einem Ausgang.

Im Flur fand sie neben einem Feuerlöscher einen Plan des Hauses. Ihr Standpunkt, bzw. der des Plans war mit einem roten Punkt markiert. Wie sie es sich schon gedacht hatte, befand sie sich im Untergeschoss des protzigen Zuhauses von Mr. Ypsilon.

Was soll ich jetzt tun? Doktor Cullen! Er ist so lieb, der wird mir helfen, aber wie kann ich mit ihm in Verbindung treten, ohne hier aufzufallen? Mir muss etwas einfallen, und zwar schnell. Aber zuerst brauche ich etwas gegen meine Schmerzen.

27_Gefahr

Wie Duellanten standen sie einander angespannt auf zwei Meter Entfernung gegenüber. Das von den glatten roten Wänden abgegebene Licht färbte ihre Anzüge leicht rosig.

"Geh voran, Frank!" Energisch deutete er ihm mit dem Lasergun an, sich in Richtung eines der Stollen zu bewegen, die sternförmig von der Höhle weiter hinein in das unerforschte Innere führten.

"Das ist doch Wahnsinn, Kit! Wir kennen deren Waffen nicht, sie haben Jorge getötet und seine Leiche einfach verschwinden lassen."

"Vielleicht hast du ihn getötet, Frank, weil du schnell zu deiner schönen Frau zurück wolltest", verdächtigte ihn Kit hämisch, ja mit unverhohlener Verachtung.

"Ach, hat dir Adjaneff das eingeredet? Der Kerl stellt ihr nämlich schon lange nach."

"Nein, er hat nichts dergleichen gesagt, aber jetzt, wo du mich beschwörst, den Auftrag zu vergessen, bin ich von ganz allein draufgekommen."

"Wie lautet denn der Auftrag, Kit? Häh? Wir sollen die Maschine aufstellen und mit der Fähre einen Tauchgang unternehmen. Die Maschine steht und arbeitet, aber wenn es uns beide hier drinnen erwischt, dann gibt's keinen Tauchgang mehr!", keifte Frank.

"Der genaue Auftrag betrifft auch die *Exploration* des Planeten und dazu gehört eindeutig, sich davon zu überzeugen, welche Lebensformen es hier gibt", blaffte ihn Kit an, immer mit dem Lasergewehr im Anschlag.

"Für das bisschen Geld willst du unbedingt auf die Schlachtbank?" Frank Askin tippte sich mehrmals demonstrativ mit einer Hand an den Helm. "Kämpfen mit einem unbekannten Feind?"

"Ich kämpfe nicht um Geld, ich kämpfe um die EHRE!"

"Na, jeder kämpft für das, was er nicht hat!", spottete Frank.

"Jetzt reicht's! Hör auf damit! Es bringt nichts, wenn du mich beleidigst oder Adjaneff verdächtigst, sich an deine Alte ranzuschmeißen!"

"Okay! Verlassen wir die persönliche Ebene und werden sachlich. Überleg doch Kit: Wir haben nur das Gewehr, die Sonde taugt als Waffe nicht", erinnerte ihn Frank.

"Hättest du wahrheitsgemäß im Bericht erwähnt, dass unterirdisch Feinde lauern, hätte man uns Kampfroboter mitgegeben."

"Das bringt doch alles nichts!", herrschte er ihn an. "Außer jede Menge Verluste für uns. Finanzielle und menschliche. Die menschlichen Verluste sind WIR! Warum sollen wir sterben, noch dazu als Angreifer einer *noch* rein privaten Firma? Wenn wir lebend zurückkommen, werden wir fraglos als Helden gefeiert."

Unbeeindruckt von der kurzen Brandrede befahl Kit: "Wir führen unsern Auftrag aus und gehen jetzt durch einen dieser Stollen."

"Toll, und durch welchen? Früher hätten wir noch eine Münze werfen können, aber Bitcoin taugen nicht zur Wegfindung."

"Bleib mir vom Leib!", warnte Kit.

Während Frank sprach, war er unmerklich ein wenig auf Kit zugegangen und wollte ihn mit einem Hechtsprung kampfunfähig machen, doch sein Kamerad hatte ihn genau im Blick und drückte ab. Ein Laserstrahl streifte zwar nur Franks Anzug, hatte seine Brusttasche mit dem Supply-Kästchen allerdings stark beschädigt, worin sich der lebensnotwendige Atem-Erfrischer zum Umwandeln ausgeatmeter Luft befand, was sich bald bemerkbar machte.

"Ich krieg keine Luft mehr", kündigte Frank an und riss sich den Helm vom Kopf. Nach einigen tiefen Atemzügen beruhigte er sich wieder und sah Kit mit verengten Augen an. "Wir Menschen brauchen eigentlich keine

Feinde mehr. Wir rotten uns gegenseitig aus, sogar im Feindgebiet."

"Die Luft ist für uns atembar?", wunderte sich Kit und machte sein Helmvisier auf.

"Ja, auch draußen." Warte nur, bis dir auch das Blut aus der Nase tropft, du Idiot, dachte er sich klammheimlich überlegend, wie er diese Nebenwirkung bei Kit noch beschleunigen könnte. Ein Faustschlag? Ein Tritt? Nein, besser noch abwarten.

Kit schnupperte neugierig. "Die Luft riecht hier drin nach Salmiak."

"Ich rieche nichts außer Gefahr!

"Hattest du schon eine Interaktion mit dem Feind, Frank?"

"Wenn dich einer von denen anglotzt mit dieser hellgelben Iris, die von einem leuchtend roten Skleralring umschlossen ist, dann fühlst du dich bis auf den Grund deiner kleinen Menschenseele durchschaut und somit ziemlich erbärmlich."

Wie aufs Stichwort kamen diese fremden Wesen plötzlich direkt aus der roten Steinwand, so als sprängen sie nur durch einen Vorhang, und zwar mit der Eleganz von Raubtieren. Ihre Anzüge waren einerseits hochmodern, andererseits auch eine Rüstung, wie sie einst die Ritter im Mittelalter trugen. Nur ihre Helme zeigten sich ausschließlich im Hightech. Eng umschlossen sie die Köpfe mit leuchtenden Teilen an Stirn, Augenpartie und

Mund, gaben den Trägern ein sehr gefährliches Aussehen. Keiner von ihnen trug übrigens eine Waffe oder einen Gegenstand, der eine Waffe hätte sein können. Dennoch strahlten sie etwas Martialisches aus, dem man sich nur schwer zu entziehen vermochte.

Von der gelben Iris konnte Kit nichts bemerken, da die Helme die Augen mit grellweißen Verblendungen am Helm schützten. Ihre Leiber waren oben viel breiter als unten, die Hände an langen Armen zu Fäusten geballt, die Füße in krallenartigen Schuhen. Geschlechtsunterschiede konnte er bei dieser Aufmachung keine feststellen, doch hätte er einem Weibchen dieser Gattung ebensowenig begegnen wollen, wie diesen offensichtlich männlichen Vertretern.

"Rede mit Ihnen", forderte er Frank rüde auf.

"Ich beherrsche ihre Sprache nicht. Aber benevolent sehen die alle jedenfalls nicht aus."

Es formierten sich sieben dieser Wesen in einer Entfernung von ungefähr 20 Metern in einer Reihe. Alle hatten dieselbe Größe und überragten die menschlichen Eindringlinge um gute 30 Zentimeter. Im Gleichschritt kamen sie langsam näher, was ein leises Rasseln, wie von unsichtbaren Ketten verursachte.

"ZURÜCK!", schrie Kit in Panik und drohte ihnen mit dem Lasergewehr.

Doch die sieben Fremden reagierten nicht darauf. An der Stelle, wo der Mund bei einem Menschen war, hatten diese Wesen auf dem Helm ein viereckiges Leuchtfeld, das sich manchmal verschmälerte, so als redeten sie tonlos, oder als würden sie den uneingeladenen Besuchern Lichtzeichen zur Verständigung entgegen senden. Der Abstand betrug nur noch höchstens zehn Meter und Kit verlor die Nerven.

Frank ahnte, dass er gleich schießen würde und wollte es noch verhindern: "Nicht feuern, Kit!"

Unwillig, den Befehl auszuführen, drückte Kit den Auslöser des Laserguns und ein Laserstrahl traf den Mittleren der sieben Wesen dort, wo bei einem Menschen das Herz war. Auf der glänzenden Rüstung erzielte der Laserstrahl keine Wirkung, sondern prallte zu Kits Entsetzen ab und wurde geradewegs zurück in seine Richtung reflektiert.

"AAAHH!" In nie gekanntem Schmerz kreischte er auf und ließ das Lasergewehr fallen. Dort, wo seine Hand war, zeigte sich nun ein schwarz verbrannter Klumpen.

"KIT!" Frank musste hilflos mitansehen, wie sein Kamerad höllisch zu leiden schien und roch verbranntes Fleisch.

"Verflucht, mich hat's erwischt, Frank!" Sein Ärmel zerschmolz und tropfte gemeinsam mit etwas Blut vom Unterarm auf den Boden.

Mehr verbranntes Fleisch wurde sicht- und ruchbar. "Ich will HIER RAUS!"

"Auf einmal kann's dir nicht schnell genug gehen", konnte sich Frank eine zynische Bemerkung und ein Grinsen nicht verkneifen.

"Es tut mir leid! Hilf mir!", flehte Kit nun, machte keinerlei Anstalten, das Lasergun wieder aufzuheben.

Mit der Sonde im Anschlag eilte Frank zu der Stelle, von der aus sie hier eingedrungen waren. Sie erreichte schnell die nötigen 66 Dezibel, doch nichts geschah. Aus den Augenwinkeln sah er das Erscheinen von Schatten.

"Scheint wirkungslos zu sein", gab Frank bekannt, machte jedoch keine Pause.

"Versuch es weiter, sie kommen wieder näher und es werden immer mehr!" Kits Stimme hinter ihm überschlug sich fast. Kein Witz entkam ihm, es stand nur die nackte Angst auf seinem jungen Gesicht. "Ich habe unerträgliche Schmerzen!"

"Die Sonde wird bald wegen Überlastung den Geist aufgeben", befürchtete Frank, hielt sie aber weiter auf die anvisierte Stelle hin.

Ein leichtes Piepen kündigte schon den bevorstehenden Ausfall der Sonde an. Wenn es ertönte, dann sollte man schnell ausschalten, um sie nicht funktionsunfähig durch Überhitzung zu machen.

"Nicht ausschalten", bettelte Kit direkt neben ihm, der sich immer wieder nach den vorrückenden Fremden umwandte. "Es sind schon mindestens 50 von denen!"

Das Piepen verstärkte sich, wurde schwächer, doch endlich gab die Steinwand nach.

"Jetzt!", rief Frank und tauchte nach draußen, dicht von Kit gefolgt.

"AAAAH", schrie dieser wieder im Schmerz auf, einige der Felskrümelchen hatten sich in seinen Unterarm direkt eingebrannt und verstärkten sein Ungemach. "Ich glaub', ich werd' verrückt! Hast du was gegen meine Schmerzen?"

"In der Fähre!" Frank pfiff den Spinnenroboter herbei. "Steig auf ihn, damit bist du schneller."

Kit nahm den Platz der vorher von dem Roboter transportierten Maschine ein und klammerte sich mit der noch gesunden Hand an ihm fest.

Hinter ihm kamen nur sieben Fremde durch den inzwischen wieder steinhart gewordenen Felsen hindurch. Ganz mühelos und wie als Abschiedskomitee. Der Mittlere hielt das Lasergun in den Händen und verbog es mit immenser Kraft ganz mühelos zu einem Ring, den er verächtlich vor sich hinwarf.

Die Botschaft konnte klarer nicht sein: Mit eurer Technik könnt ihr uns nichts anhaben!

Frank lief - ohne Helm und ohne zu keuchen - in Richtung der Fähre. Kit hatte inzwischen sein Visier wieder geschlossen und kämpfte mental gegen den Schmerz.

Es ist nichts, nur ein Kratzer, redete er sich immer wieder ein, nur eine kleine Abschürfung, die mir der Medizinroboter im Mutterschiff wieder heilt. Doch es fühlte sich an, als würde eine Armee unsichtbarer Feuerameisen an seinem nun verkrüppelten Unterarm ein Festessen abhalten. Außerdem hatte er Mühe, sich an dem Roboter, der flink wie ein Wiesel dahin galoppierte, mit nur einer Hand festzuklammern.

Endlich kam die Fähre in Sicht und Frank ließ den Roboter Kit einladen und verstaute danach das funktionstüchtige Gerät im Heck. Die Luke ließ sich zwar schwer, aber doch schließen. Ein Blick durch die Frontscheibe zeigte Frank Beruhigendes.

Keiner der sieben Fremden war ihnen gefolgt. Der Himmel über ihnen riss auf und zeigte einen bleigrauen, wolkenlosen Bereich, der wie die Verheißung des Heils aussah. Frank stieg ein und erkannte, wie Kit hektisch nach Linderung für sein Leiden suchte.

"Wo sind die Drogen? SCHNELL!"

Ganz ruhig griff Frank in eine Konsole und holte einen schmalen Stab heraus. "Hier hast du einen Morphium-Stick."

Gierig griff Kit danach, Frank nahm ihm den Helm ab, sodass Kit mit dem Mund die Schutzhülse abnehmen konnte und sich den Stick direkt in die Halsschlagader rammen konnte.

"Ahhh", machte er erleichtert und fühlte das Nachlassen des Schmerzes. Beinahe besinnungslos sank er in seinen Co-Pilotensitz zurück.

"SAM! Hörst du mich?", versuchte Frank nun, eine Verbindung zu ihm an Bord des Mutterschiffs herzustellen.

Leise Krächz-Geräusche verhießen nichts Gutes.

"Lass uns hier endlich verschwinden!", drängte Kit leise.

"Ich würde auch vorschlagen, dass wir in Anbetracht deiner Verletzung von einem Tauchgang vorerst absehen."

"Ja, ja, mach schon!"

"Soll ich dir was sagen, Kit? Ich fühle mich beinahe unsterblich!", posaunte ihm Frank entgegen, gab die Startsequenz ein und grinste zuversichtlich durch die Frontscheibe.

28_Rettungsaktion

Ein Anruf schreckte Dr. Cullen aus dem Schlaf. Momentan befand er sich in seinem Bett, neben dem er ebenfalls einen Computer stehen hatte, da er im Notfall für seine Patienten, vor allem für die sehr gut

zahlenden Patienten, immer erreichbar sein
wollte.

"Doktor Cullen", flüsterte ein heiseres
Stimmchen, und zwar so leise wie möglich.

"Ja, wer ist da? Ich kann Sie nicht
verstehen, reden Sie doch lauter und
verwenden Sie die Bildfunktion."

"Ich bin es, Ivy!"

"Ivy? Tut mir leid, Ihre Grabesstimme hätte
ich gar nicht erkannt. Was bewegt Sie, mich
plötzlich wieder zu kontaktieren, nachdem Sie
mir die kalte Schulter gezeigt haben?"

"Doktor, ich bin ausgetauscht worden",
kam sie sofort zur Sache. "Ich bin im Palast
von Y-MA-Bus, in einem Labor im
Untergeschoss. Bitte, bitte kommen Sie und
holen mich!"

"Hab' ich richtig verstanden, Sie sind
ausgetauscht-"

Hastig unterbrach sie ihn: "Ich muss
aufhören, es kommt jemand!"

Die Verbindung brach ab und der Doktor
fragte sich, was es mit diesem Anruf knapp
nach Mitternacht wohl auf sich haben könnte.
An Schlaf konnte er nicht mehr denken, nur
noch an Ivys Worte. Was meinte sie mit
ausgetauscht? Von wem und vor allem durch
wen? War sie deshalb auf der Vernissage so
abweisend zu ihm gewesen, weil sie gar nicht
sie selbst war? Am liebsten hätte er sich sofort
an die genannte Adresse begeben, doch sein

Auftauchen dort wäre zu dieser Uhrzeit naturgemäß unerwünscht, wusste er genau. So sah er sich die Website von Y-MA-Bus an, der von seinen Aktivitäten im Weltraum immer nur das preisgab, was seine Aktien an der Börse steigen ließ.

Zur gleichen Zeit versteckte sich Ivy in dem Laborraum, in welchem sie den Computer gefunden hatte, der noch online gewesen war, hinter dem grünen Plastikvorhang. Dessen Farbe erinnerte sie an den Erbsenbrei, den sie in ihrer Kindheit so gehasst hatte.

Schon komisch, wunderte sie sich, was einem im Schmerz wieder so alles einfällt. Gespenster der Kindheit tauchen auf wie der Springteufel aus 'Jack in the Box' und schrecken uns bis ins Knochenmark - wenigstens haben mir das diese beiden Verbrecher übrig gelassen.

Dieser Vorhang verbarg eine leere Bahre, die blitzblank geputzt unter dem Neonlicht glänzte. Das bedeutete, dass die Putzbrigade schon hier war. Wer nun ins Labor gekommen war, musste wohl ein Mensch sein. Die Sprühflasche mit dem Bleichmittel im Anschlag horchte sie angespannt - unter einigermaßen erträglich gewordenen Schmerzen - auf die Schritte, die sich dem Computer näherten. Es wurde eifrig darauf herumgetippt und dabei gepfiffen. Vorsichtig wagte sie einen Blick auf den Platz, den sie kurz zuvor verlassen hatte. Er wurde von einem jungen Mann mit adretter Frisur in einem sauberen weißen Laborkittel eingenommen, der fleißig auf die Tastatur hämmerte, bevor er sich auf dem Stuhl zurücklehnte, die Finger hinter seinem Kopf verschränkte und ganz sachlich mit sympathisch klingender Stimme zu diktieren begann.

"Das Blut zeigt eine rege Tätigkeit des Parasiten. Er scheint die Thrombozyten in eine wirksamere Form ihrerselbst umzuwandeln. Das schafft er auch unter schmutzigen Bedingungen. Eine gestern erfolgte Dialyse überlebte er problemfrei. Der nächste Test findet seit 15 Minuten unter extremer Kälte statt und endet morgen um 10 Uhr. Smithsonic - Ende!" Abrupt stand er auf, gähnte herzhaft und streckte mit hochgehobenen Armen seinen Rücken durch, danach streckte er die Arme zur Seite, wobei er mit der rechten Hand unabsichtlich den erbsgrünen Vorhang berührte, was Ivy erschrecken ließ.

Schnell zog sie sich wieder ganz hinter den Vorhang zurück und hoffte inständig, dass sich dieser Mann nicht hier auf der leeren Bahre schlafen legen wollte. Doch sie hörte ihn schnell hinausgehen und die Tür zufallen. Erleichtert atmete sie aus und fühlte mit der

Zunge, dass ihr lockerer Zahn schon wieder fest in ihrem Zahnfleisch verankert war.

Zurück bei dem Computer musste sie aber verzweifelt feststellen, dass dieser gerade herunterfuhr. Kein weiterer Anruf war ihr mehr möglich. Was sollte sie nun tun? Sie beschloss, sich ein besseres Versteck zu suchen und auf die Ankunft des Doktors zu warten. Doch zuerst wollte sie noch dieses kleine Labor hier näher durchsuchen.

In einer Schublade des Computertisches fand sie ein schwarzes Kästchen, das sie öffnete, und fand darin einige Skalpelle. Erfreut nahm sie eines davon heraus und steckte es sich hinter ihr rechtes Ohr in den behelfsmäßigen Turban, den sie sich aus dem Putzlappen gemacht hatte, hinein. Vorsichtig schlich sie sich dann wieder mit ihrer Sprühflasche bewaffnet nach draußen in den Flur, kam an eine schmale Tür mit der Aufschrift KEEP OUT und machte sie einen Spalt breit auf. Darin befand sich die Ladestation für die beiden Putzroboter, eine Leiter, einige Eimer und auf einer Stellage wieder Putz- und Desinfektionsmittel in verschiedenen Flaschen. Sie stellte ihre Sprühflasche ab und kletterte auf die Leiter hinauf, welche zu einer Klappe knapp unter der Decke führte.

Neugierig öffnete sie die Klappe und erkannte im Schein einer roten

Notbeleuchtung, dass es sich um einen Lichtschacht handelte. Diverse Kabel führten zu den Neonröhren, welche unter sich viereckige Scheiben aus Milchglas montiert hatten. Es war penibel sauber in dem meterlangen Schacht, direkt klinisch rein und frei von Ungeziefer, daher krabbelte sie hinein. Dieses Versteck stellte sich als nicht ganz ideal heraus, denn von unten konnte man sehen, wenn jemand über das Milchglas kletterte. Nur an den Seiten blieb genügend Platz für ihren schlanken Körper. Der Vorteil des Platzes war, dass sie sehen konnte, wer unten entlangging und auch merkte, dass die Milchglasscheiben mit etwas Druck nach unten herausgedrückt werden konnten, was bedeutete, durch einen Sprung aus einer Höhe von geschätzten zweieinhalb Metern im Falle einer Entdeckung entkommen zu können. Doch momentan schien alles ruhig und die Neonlampen hatten sich mittlerweile auch wieder ausgeschaltet; wenn wieder jemand unten vorbeiging, würden sie sich wieder einschalten. Von der Uhr an dem Computer vorhin wusste sie, es war schon nach Mitternacht, daher würde sich wohl keine rege Betriebsamkeit mehr hier abspielen.

Mit etwas Geschick gelang es Ivy, die Notbeleuchtung in dem engen Schacht auszudrehen, sodass sie in totaler Dunkelheit etwas zur Ruhe kam, soweit ihr das ihre Schmerzen gestatteten.

29_Suche

Die Fähre durchstieß die Atmosphäre von K4 und kam in rasantem Tempo im All an. Kapteyns Stern schien sich von seinem Plasma-Rülpser erholt zu haben und schien für die störungsanfällige menschliche Technik kein Problem mehr darzustellen. Vom Mutterschiff keine Spur. Allein im All und fern der Heimat machten sie sich auf die Suche nach Sam, von dem es keine Antwort auf die ausgesandten Funksignale gab.

"SAM?" Franks Stimme blieb ruhig, während Kit neben ihm wie benebelt im Morphiumrausch in seinem Sitz zusammengesunken teilnahmslos vor sich hinstarrte.

"SAM! BITTE MELDEN!"

"Er ist sicher auf der andern Seite von dem verfluchten Planet", nuschelte Kit.

"Wenn er es überhaupt zurück hierher geschafft hat, nachdem er von der Gaseruption überrascht wurde."

"Und wenn nicht?" Ängstlich schielte Kit zu seinem Kameraden, der so viel zuversichtlicher agierte.

"Dann müssen wir wohl oder übel wieder landen."

"NEIN, nur das nicht!"

"Kit! Du wirst doch nicht wegen einer simplen Verletzung deinen Pioniergeist verloren haben?"

"Simple Verletzung? SCHEISSE! Ich wäre beinahe krepiert. Und das durch meine eigene Waffe", warf er sich vor.

"Du hättest nicht schießen sollen, Kit! Sie waren doch unbewaffnet."

"Sie haben Waffen, von denen wir nichts ahnen, so wie wir von ihrer Existenz nichts ahnten. Wie können diese Kretins nur ihre Technik so genial verbergen?"

"Weil sie viel älter als wir sind, schon viel länger existieren und schon etliche Feinde überwinden konnten", klärte ihn Frank auf.

"Woher willst du das wissen?"

"Das liegt doch auf der Hand!"

"Dir ist klar, dass sie unsere Maschine zerstören werden und unsere Mission völlig sinnlos war", stellte Kit sichtlich deprimiert fest.

"Ja, aber es stört mich nicht!"

Dr. Cullen hatte sich inzwischen eine Story einfallen lassen, um sich eine Einladung zu Y-MA-Bus' Labor zu erschleichen. Um Punkt sieben Uhr wählte er die Nummer, die er von dem Anruf Jesse Smithsonics kannte. Auf seinem Bildschirm erschien ein Mann mit flachsblondem Haar und weinrotem Kragen.

"Guten Morgen, mein Name ist Dr. Cullen, ich muss dringend mit Mr. Smithsonic sprechen."

"Mr. Smithsonic hatte Nachtdienst und schläft um diese Zeit, da er ein Mensch ist und kein Roboter."

"Na, Gott-sei-Dank."

"Wie reden Sie? Ah-Cullen, der Psychiater, wenn ich nicht irre. Da kommt man ohne Gott nicht aus."

"Sie haben es erkannt! Sind Sie auch mit der Sache um den Parasiten im Blut meines Patienten betraut?"

"Ja, mein Name ist Lennard. Und wenn Sie wichtige Informationen über Frank Askin haben, dann bin ich der richtigeren Ansprechpartner."

"Exzellent, darf ich persönlich bei Ihnen vorbeikommen? Als Mediziner interessiert mich, den Einzeller in Natura in Augenschein nehmen zu können. Und dabei kann ich Ihnen auch alles genau berichten, was mir über Franks Benehmen und seine Aussagen eingefallen ist. Ich könnte mit meinem Flugvehikel in wenigen Minuten direkt vor dem Eingang landen."

"Tippen Sie die Koordinaten Y-41B/74L ein."

"Verstanden! Bis gleich, Mr. Lennard!"

Ivy wurde in ihrem Versteck in dem engen, dunklen Lichtschacht wach und zugleich unsicher, ob Cullen der Richtige für diese Rettungsaktion war. Doch wen hätte sie sonst anrufen sollen? Mit Maurice Adjaneff hatte sie es sich verscherzt, Mr. Morton war nicht leicht zu kontaktieren, die Polizei besaß so ein Tycoon wie dieser Ypsilon faktisch und dieser geheimnisvolle Mann von der NASA konnte hier schlecht vorbeikommen.

Also harrte sie in einem unruhigen Halbschlaf in ihrer sehr unbequemen Liegestatt aus und wurde schließlich vom Aufflammen der Neonlampen aufgeweckt. Ihr Herz pochte ebenso heftig wie die schmerzenden Stellen an ihrem geschundenen Körper. Unten gingen zwei Männer vorbei, von denen sie nicht nur die Stimmen erkannte. Es handelte sich um Dr. Cullen in einem hellen Anzug und Lennard in seinem weinroten Overall. Sie konnte die beiden miteinander reden hören, als sie Seite an Seite gemächlich den Flur entlang schlenderten. Ihr Herz klopfte nun wie verrückt und sie konnte regelrecht spüren, wie ihr Körper ihr Blut mit Adrenalin flutete. Die Sätze, die sie vernahm, stachelten sie an, nun etwas zu unternehmen.

"Ja, Frank erzählte mir von Träumen, die ihm verrieten, dass der Planet bewohnt ist."

"Klarerweise ist er von Mikroben, Extremophilen und niederen Insekten bewohnt."

"Nein, auch von wild aussehenden
Kreaturen mit Rüstungen sprach er."

"Haha, wohl im Fieberwahn, was, Doktor?"

Die Stimmen entfernten sich und Ivy hielt
es nicht mehr aus. Todesmutig drückte sie mit
aller Kraft eine der Milchglasscheiben runter
und sprang nach unten. Der Schmerz, den sie
beim Aufkommen ihrer Füße fühlte, hielt sich
in Grenzen. Wohl auch wegen des Adrenalins,
das wie ein Schmerzdämpfer wirkte. Noch
unsicher wankte sie in die Richtung, in welche
die beiden Männer verschwunden waren.
Wutentbrannt zog sie das Skalpell unter
ihrem Turban hervor, wild entschlossen, es
auch zu gebrauchen.

Lennard führte den Doktor in einen
Laborraum, in welchem einige Mikroskope mit
Glasstreifen auf einem Tisch standen.

"Hier können Sie einen Blick auf die
kontaminierten Blutstropfen werfen. Einige
sind auch im Tiefkühler, um die Kälteresistenz
des Einzellers auszutesten. Was hat Frank
Askin noch alles geträumt?"

"Abenteuerliches von einem behelmten
Einwohner des Planeten, der sich viel
schneller als wir bewegen kann und auch
einfach in das Gestein dort eintauchen, was
Frank auf dessen Rüstung zurückführte, wie
er mir erzählte."

"Merkwürdig. Aber so eine Rüstung wäre für uns schon brauchbar. Hat er die Formel des Metalls auch geträumt?"

Gerade als der Doktor das verneinen wollte, kam Ivy herein und ging wie eine Furie auf Lennard los.

"DU BASTARD!", kreischte sie und stach ihn mit dem Skalpell in den Hals.

"ALARM!", schrie er, ging blutend in die Knie und wehrte sie mit aller Kraft ab, respektive versuchte er es zumindest, sie abzuwehren. "ALARM!"

Doch Ivy schien ihre letzten Reserven mobilisieren zu können, denn sie stieß ihn von sich, trat ihn in den Unterleib und kämpfte wie ein Berserker, streifte seine Wange mit dem rasiermesserscharfen Skalpell und lachte dabei in tiefer Genugtuung.

"ALAAARM", kreischte er hysterisch und schlug ihr das Skalpell aus der Hand, das klimpernd auf dem Fliesenboden auftraf.

In Rage riss sich Ivy den Turban vom Haar und stopfte ihn Lennard ins Maul, wobei sie ihn so heftig mit dem Kopf gegen die Tischkante stieß, dass dieser hart aufschlug und sein widerspenstiger Träger benommen zu Boden glitt und verstummte.

Doktor Cullen hatte völlig verblüfft und tatenlos dem kurzen, aber heftigen Kampf zugesehen. "IVY! Ich hätte Sie gar nicht erkannt."

Aufgewühlt fasste sie ihn an der Hand. "SCHNELL, kommen Sie, Doktor, können Sie laufen?"

"Sicher, halten Sie mich für verknöchert?"

Beide liefen Hand in Hand den Flur entlang, da auf einmal erschienen am anderen Ende hurtig zwei Wächter in schwarzen Uniformen mit weinroten Biesen und Laserpistolen an den Gürteln. Cullen blieb stehen und schob Ivy hinter sich.

"Überlassen Sie das Reden mir", flüsterte er ihr zu, die sich hinter seinem breiten Körper versteckte, das wirre Blondhaar quer übers Gesicht und die nackten Beine unter ihrem weißen Kittel mit dem Blutfleck durch Gänsehaut verunziert.

"Was ist los?", fragte einer der Wächter, die Hand an der Laserpistole.

"Ein Glück, dass Sie kommen, meine Herren. Mr. Lennard wurde angegriffen!", gestikulierte Cullen wild.

"Wer sind Sie?", erkundigte sich der andere Wächter, ein glatzköpfiger Muskelprotz - bullig wie ein Preisboxer - mit einem gebrochenen Nasenbein.

"Dr. Cullen und das ist meine Assistentin Miss äh-Miller. Also schnell, helfen Sie dem verletzten Mr.-"

In dem Augenblick begann Lennards Stimme wieder laut ALARM! zu brüllen, er hörte sich dabei mehr wie die ein verwundetes

Tier an. Zusätzlich fing eine Sirene an, laut und durchdringend aufzuheulen. Die beiden Wächter rannten im Eiltempo in Richtung des höllischen Lärms, sodass Cullen und Ivy weiter ihre Flucht aus dem Labortrakt fortsetzen konnten. Allerdings mussten sie mit Schrecken erkennen, dass sich die Tür zum Ausgang dieses Flurs langsam, aber sicher verengte.

"SCHNELLER!", mahnte Ivy, während das Sirenengeheul noch stärker anschwoll.

Der Doktor lief um sein Leben, Ivy konnte locker mit ihm Schritt halten. Knapp schafften sie es nacheinander, zwischen den nur noch einen Meter offen stehenden Türflügel hindurch zu flüchten, ehe sich diese mit einem leisen Knacksen schlossen.

Draußen kamen sie auf die Wiese - diesmal ohne Mäh-Schafe darauf - mit einigen frisch gepflanzten, schneeweiß blühenden Fliederbüschen, als sie schon wieder in ihrer Flucht innehalten mussten.

"Achtung, da kommt Y-MA-Bus, offenbar von seiner Joggingrunde", kündigte Cullen keuchend an, der ihn schon aus der Ferne erblickte. "Verstecken Sie sich in einem der Büsche."

Kaum hatte sich Ivy versteckt, kamen ihr wieder Zweifel an der Vertrauenswürdigkeit des Doktors. Schließlich hatte er ihren Mann auf die Empfehlung von Y-MA-Bus hin behandelt, war also dessen Auftragnehmer, in weiterem Sinn sogar dessen Lohndiener.

"Mr. Y-MA-Bus! Etwas Furchtbares ist passiert! Mr. Lennard wurde attackiert", berichtete Cullen etwas atemlos.

"Von wem?" Y-MA-Bus stand in einem pinken Jogging-Anzug vor ihm, zeigte keine Erschöpfungsanzeichen vom vorangegangenen Lauf und bemerkte Ivy zwischen den weißen Blüten nicht.

"Keine Ahnung, ich habe den Kerl noch nie gesehen! Ihre Wächter sind schon unterwegs, Sie sollten sich auch rasch ins Labor begeben."

Mit großen Schritten lief Y-MA-Bus in seinen Palast und Ivy kam aus ihrem blühenden Versteck, ergriff wieder Cullens Hand und lief neben ihm her wie ein kleines Mädchen an der Hand des starken Vaters. Beide stiegen in das Flugvehikel und Ivy zeigte ihm mit Leidensmiene ihre Pflaster.

"Sehen Sie nur, was mir dieser blonde Bastard angetan hat. Er hat mir die Brustwarzen entfernt und auch die Klitoris", erklärte sie ihm gehetzt.

Cullen tippte nach einem kurzen Schockmoment unverzüglich die Startsequenz ein.

"Und ein Cyborg lebt an meinerstatt MEIN Leben! Wie eine Made im Speck", berichtete

sie ihm weinerlich, hatte jedoch keine Tränen
mehr.

Das Flugvehikel hob ab und brachte sie fort
von diesem Ort und ihren Peinigern.

"Wohin fliegen wir?", fragte sie, ohne ein
sichtbares Anzeichen einer Erschöpfung nach
dem vorangegangenen Kampf und der Hals-
über-Kopf-Flucht.

"Zu einem alten Freund von mir, der früher
Chirurg war. Er kann Ihnen Ihre Schönheit
wiedergeben, meine Liebe", beruhigte sie
Cullen.

"Können wir nicht zu einem Rechtsanwalt,
um diesen Verbrecher zu verklagen. Er hat
mir Unsagbares angetan", begann sie zu
schluchzen und krümmte sich vor Schmerz.

Der Doktor gab ihr zu bedenken: "Das
Recht kennt keine Empathie für Menschen,
nur Fälle und Fakten. Außerdem ist ein
Anwalt zu wenig, um mit dem Heer von
Anwälten dieses Großkotzes mitzuhalten."

"Haben Sie etwas gegen meine Schmerzen,
Doktor?"

"Ja, in der Konsole ganz unten befindet
sich eine Packung Dolo-Kill. Diese Pillen
nehme ich immer bei Kopfschmerzen."

Hastig steckte sie sich eine der Pillen in
den Mund und fragte nach dem Schlucken:
"Wie gut kennen Sie eigentlich diesen irren
Ypsilon?"

"Nur aus dem sozialen Netzwerk, wo er manchmal seine Leistungen für die Menschheit postet. Sein Privatleben hält er ja unter Verschluss und die üblichen Society-Events schwänzt er, da er angeblich so menschenscheu ist. Der lebt in seiner ganz eigenen Welt."

"Oh ja", nickte sie langsam und atmete hörbar aus. "Das hab' ich deutlich gemerkt!"

Als Y-MA-Bus ins Labor hineinstürzte, hatten die Wächter Lennard schon einen Verband um den Hals angelegt und ein Pflaster auf die Wange geklebt.

"SIE war es, Busy", hauchte er mühsam und keuchte mit weit aufgerissenen Augen, in denen erweiterte Pupillen noch von seinem erlebten Schock kündeten.

"WER?"

"Ivy Askin! Die blonde Schlampe lebt noch!"

"Unmöglich", schüttelte Y-MA-Bus den Kopf.

"Du sagst doch immer 'Nichts ist unmöglich'. Sie ist uns gerade entkommen!"

Der Wächter, welcher dem Typ eines Preisboxers entsprach, meldete: "Dr. Cullen stellte uns eine Blonde in seiner Begleitung als Assistentin Miss Miller vor."

"Da hörst du es", geiferte Lennard. "Der Fettwanst steckt mit ihr unter einer Decke."

Y-MA-Bus grinste mit schiefem Mund: "Da ihr die wichtigsten Teile fehlen, wird er nicht viel Freude mit ihr haben."

"Das tröstet mich wenig."

"Sei froh, dass sie deine Schlagader knapp verfehlt hat. Wie konnte sie nur aus dem Kühlhaus herauskommen, Lennard?"

"Wenn sie von ihrem Mann mit dem Parasiten angesteckt worden ist, dann könnte das doch...", ließ dieser den Satz unvollendet.

"Du glaubst, sie ist zum Übermenschen geworden?" Ungläubig hob er seine Augenbrauen.

"Sie ist kein normaler Mensch mehr, Busy, und Frank Askin ebensowenig", kam Lennard zur Einsicht. "Wir müssen das Weib ausschalten!"

Y-MA-Bus deutete den Wächtern mit einer kurzen Kopfbewegung an, sich auf den Weg zu machen.

Nach einer halben Umrundung von K4 kam die Y-Mother endlich in Sicht. Sehr zur Erleichterung der beiden Astronauten in der Fähre.

"Die Kavallerie ist da", bemerkte Kit, der seinen Humor wiedergefunden zu haben schien.

"SAM!", rief Frank euphorisch aus. "SAM, hörst du uns?"

"Ja, ich hab' es mit Müh' und Not geschafft, die Technik wieder zu stabilisieren. Alles in Ordnung bei euch?"

"Kit ist am Unterarm verletzt", informierte ihn Frank. "Bereite den Medizinsupport vor."

"Wird gemacht! Auftrag ausgeführt?"

"Zur Hälfte! Die Maschine steht, nur der Tauchgang fiel Kits Verwundung zum Opfer."

"Kommt erst einmal an Bord. Mir ist bei der Umrundung etwas aufgefallen, das euch interessieren könnte", kündigte Sam kryptisch an.

"Spann uns nicht auf die Folter", forderte ihn Frank zur sofortigen Auskunft auf.

"Kommt erst an Bord", zeigte sich Sam störrisch.

Frank wurde bewusst, dass er über Funk, der an Bord in einer Blackbox aufgezeichnet wurde, nichts Näheres preisgeben wollte.

"Da unten ist das gemütliche Heim meines Freundes Albin, er freut sich immer so, wenn ich ihn besuchen komme", teilte der Doktor seiner Passagierin mit. "Wie wird er erst jubeln, wenn er SIE sieht, meine Liebe."

"So, wie ich aussehe, wird er eher einen Herzanfall erleiden."

"Nein, wahre Schönheit ist unvergänglich", ließ sich Cullen zu einer Plattitüde verleiten. "Sie sind ein menschliches Juwel und dieser Y-MA-Bus, wollte sie wohl für seine Zwecke zurechtschleifen."

"Sie ahnen nicht, was für ein Teufel das ist", wisperte sie.

An Bord der Y-Mother standen sich nach dem Ausstieg aus der Fähre Kit, dessen Schmerzen sich verflüchtigt hatten, und Frank gegenüber. Sam stieß besorgt zu ihnen.

"Also, was hast du vom Orbit aus bemerkt?", fragte ihn Frank ungeduldig.

"Immer das gleiche Wolkenmuster an dem Platz, wo ihr gelandet seid."

"Erstaunlich", sagte Frank. "Was schließt du daraus?"

"Dass die Wolken maschinell gemacht werden."

"Hahaha", brach Kit in Gelächter aus. "Das ist urkomisch. Wir installieren eine Maschine, die das Klima zu unseren Gunsten ändern soll, und diese miesen Kreaturen haben bereits eine, die Wolken im Akkord produziert. HAHAHA!"

"Siehst du das, Sam? Kit hat einen Lachkrampf erlitten!"

Von solch hysterischer Heiterkeit waren Y-MA-Bus und der waidwunde Lennard weit entfernt. Gespannt warteten sie auf die Ergebnisse Ihres Suchauftrages.

Einer der Wächter brachte ihnen die ersehnte Nachricht: "Dieser Doktor Cullen ist bei einem gewissen Professor Albin Nemquist gelandet. Ein ehemaliger Chirurg."

"Das hätten wir uns denken können, dass er für die noch immer leidlich hübsche Ivy medizinische Hilfe in Anspruch nehmen wird." Y-MA-Bus machte eine wegwerfende Geste, die den Wächter veranlasste, sich eilig zurückzuziehen.

Auf einer blutroten Couch im Salon lag Lennard und ballte eine Faust: "Wir müssen sie alle so schnell wie möglich vernichten. Schick einen deiner Satelliten zum Absturz."

"Lennard! Wie soll ich das den Behörden erklären? Und vor allem meinen Aktionären? Mein Gerät stürzt einfach ab, und noch dazu auf das Haus eines altehrwürdigen Professors, der gerade so reizenden Besuch bewirtet?"

"Wie kannst du jetzt an schnöden Mammon denken?"

"Lennard! Geld ist der Gipfel der menschlichen Gesellschaft! Alle streben hinauf, aber auf dem Gipfel ist kein Platz für alle."

"Für uns wird der Platz an der Spitze bald zu heiß, wenn du nichts unternimmst, Busy!"

"Rede nicht so mit mir, Lennard! Bilde dir nicht ein, du wärst unersetzlich. Das ist kein Mensch auf dem Erdball!" Sein dämonisches Grinsen jagte seinem Liebhaber einen Schrecken ein.

30_Erkenntnis

"Oh, das ist ja schon ganz gut im Abheilen begriffen", konstatierte Professor Nemquist, als er Ivys Brustpflaster mit größter Vorsicht entfernte. "Sie sagten, man habe Ihnen die Brustwarzen entfernt, aber sehen Sie doch, meine Teure, die Ränder sind ja noch vorhanden."

"Nein, ich schwöre Ihnen, man riss mir die gesamte Brustwarze einfach ab", berichtete sie weinerlich.

Der Doktor kratzte sich an der Schläfe. "Ivy, das kann daran liegen, dass Sie unwissentlich bionisch verbessert worden sind."

"Wie meinen Sie das?" Von dieser Nachricht abgelenkt vergaß sie ganz auf den weinerlichen Ton in ihrer Stimme.

"Wie ich kürzlich erfuhr, hat Ihr Mann von seiner Expedition einen mikroskopisch kleinen Einwanderer mitgebracht, der sich in seinem Blut vermehrt. Damit scheint er Sie infiziert zu haben. Vermutlich über den ehelichen Verkehr. Wie es scheint, besitzt dieser Parasit die Fähigkeit, den Körper seiner Wirtin regenerieren zu können."

Der Professor machte große Augen unter den buschigen Brauen. "Das wäre ja eine absolute Sensation. Schon seit Jahrzehnten wird an Reptilien erforscht, wie man abgetrennte Glieder wieder nachwachsen lassen kann. Und jetzt dieser Glücksfall!"

"Von Glück kann wohl keine Rede sein. Doktor Cullen, wir müssen hier schnell wieder fort. Und zwar ohne Ihr Flugvehikel, dessen Flug dieser Ypsilon-Bastard ganz leicht nachvollziehen kann."

"Ivy, Ihr Gatte scheint Sie auch mit seiner Paranoia angesteckt zu haben. Denken Sie nur, er wollte mir weismachen, Sie planen akribisch, ihn zu töten."

"So ein Unsinn!", ereiferte sie sich. Sie schien von einem unbändigen Kampfesmut beseelt zu sein. "Trotzdem, glauben Sie mir bitte, wir dürfen die Gastfreundschaft Ihres Freundes nicht länger beanspruchen."

Y-MA-Bus ging in seinem roten Salon auf und ab, die Hände am Rücken verschränkt. "Wir machen das ganz anders, mein Lieber."

"Und wie?" Lennard griff sich an den Verband an seinem Hals. "Am liebsten würde ich dieses Wahnsinnsweib mit eigenen Händen erwürgen."

"Ich habe da ein Projekt für Forschungszwecke am Laufen. Es handelt sich dabei um einen Kometen mit Fernsteuerung."

"Ein Komet mit-" Erfreut brach er ab und hatte begriffen. "Das ist ja noch besser als ein abstürzender Satellit."

"Ja, der Meinung bin ich auch. Wir lassen so eine Steinzeitbombe auf das Professoren-Haus plumpsen."

"Verlier bitte keine Zeit, Busy! Diese miese kleine Ratte hat den sechsten Sinn. Sie wird sich nicht lange an einer Stelle aufhalten."

Noch immer im Orbit von K4 unterhielten sich Frank und Sam auf der Brücke.

"Unfassbare Story, wie sollen wir die glaubhaft im Abschlussbericht abfassen?" Sam richtete sein Augenmerk auf den Bildschirm vor ihm, der Kapteyn d von grauen Wolken verhüllt eher harmlos präsentierte.

"Gar nicht. Schreiben wir, dass der Planet uneinnehmbar ist, regt das die Allmachtsfantasie unseres Bosses erst recht an. Also sollten wir ihn im Glauben lassen, ihn zu besitzen."

"Diese Aliens sind uns technisch ungefähr wie weit voraus?", wollte Sam wissen und wandte sich Frank zu.

"Tausende von Jahren. Ich bin mir sicher, sogar die Gaseruption des Zentralgestirns wurde auch von denen gesteuert. Wir sind nur tragisch verzwergte Figuren auf einem Schachbrett, dessen Felder wir nicht erkennen können."

"Was schlägst du vor, darüber zu berichten?"

"Das von uns Erwartete", grinste Frank. "Wie sagte schon Machiavelli: Streichle den Hund, bis der Maulkorb fertig ist."

"Meinst du, Y-MA-Bus hat eine Waffe gegen diese Übermacht in Produktion?"

"Nein, ich meinte mit dem Hund IHN! Ypsilon ist der Hund und wird an dem Knochen, den er sich ausgesucht hat, ersticken!"

"Pointiert formuliert!"

"Also? Bist du einverstanden?"

Sam nickte, ehe ihm einfiel: "Und wenn Kit zu plaudern beginnt?"

"Egal, was er ausplaudert, jeder Psychiater kann das als PTSD abtun."

"Dann lass uns heimfliegen, die Mädels warten schon auf mich", freute sich Sam.

Die drei Monate der Heimreise verbrachten alle drei Astronauten im Tiefschlaf, ehe sie vom Computer vor Eintritt in den Orbit der Erde geweckt wurden.

Ungeduldig wartete Maurice Adjaneff im Kontrollcenter schon auf den ersten Funkspruch: "Homebase an Y-Mother! Wie geht's euch, Jungs?"

"Mission accomplished! Der Stern spuckte zwar ein wenig Protuberanzen aus und Kit Barret erlitt eine minimale Verletzung an der Hand, aber sonst lief es wunschgemäß ab. Die Maschine arbeitet wie geplant!"

"Freut mich, zu hören! Ihr seid eine Zierde für die ganze Menschheit! Wir sind stolz auf euch!", drosch Adjaneff die üblichen Phrasen, ehe er ernst wurde: "Ich habe leider schlechte Nachricht für dich, Frank: Dr. Cullen starb bei einem Kometeneinschlag im Haus eines Freundes."

"Wie traurig, immerhin hat er mich soweit geheilt, dass ich keine Behandlung mehr benötige."

Nach dem Anlegen wurden die Heimkehrer in den Empfangsraum eskortiert und von der Presse gefeiert. Nach den üblichen kurzen Statements poppten ihre Fotos in allen Netzwerken auf. Schwarz gewandete Security-Leute brachten sie nachher in die gemütliche Lobby, wo Frank eine Überraschung erlebte: Seine Frau, so schön wie immer, warf sich ihm in die Arme. In einem weißen langen Kleid wirkte sie wie eine Braut an ihrem Hochzeitstag. Ihr blondes Haar kunstvoll hochgesteckt, die Lippen blutrot geschminkt und die Augen dick schwarz umrandet.

"Oh Frank!", hauchte sie ihm ins Ohr. "Wie habe ich dich vermisst."

Irgendetwas in seinem Inneren sagte ihm: Das ist nicht meine Frau.

Weitere Leseerlebnisse aus dem gleichen Genre:

Kosmischer Kontakt * Sohn oder: Orwellsche Odyssee * ZIVILFLUG ZUM ZEITRISS * EXORAUM * SWITCH * EINFACH GRANDIOS * Terrormond Titan * Tödlicher Trabant * Verbotene Gelüste * Sherlock Holmes im All * Ägyptens Fluch * Agathas Geist ermittelt

S. Pomej hat aus Interesse an der menschlichen Natur Psychologie studiert und lässt die erlernten Störungen plus eigener Erfahrung mit kranken Zeitgenossen, die immer wieder unerwünscht auftauchen, in spannende Bücher und Kurzgeschichten sowie lustige Comics einfließen. Website: pomej.blogspot.com

Herstellung und Verlag: BoD – Books on Demand, Norderstedt

ISBN: 9783756229512